U0375448

安徽省教育厅优秀青年人才支持计划重点项目(gxygZD2016297)研究成果

汪道昆文学研究

乔 根◎著

中国科学技术大学出版社

内 容 简 介

汪道昆是明代中后期文坛上与李攀龙、王世贞鼎足而三的领袖人物。本书以汪道昆《太函集》为中心，考察徽文化背景下的汪道昆诗文创作。以“知人论世”为准则，全面分析汪道昆的生平、诗学思想、诗歌、散文、戏曲等，在此基础上对汪道昆在文学史上的地位做一个较为全面客观的评价。全书以徽州地区代表作家汪道昆为个案，力求以全景扫描的形式展示汪道昆文学成就、史学成就，以期丰富对徽州本土作家的研究。

图书在版编目(CIP)数据

汪道昆文学研究/乔根著. —合肥：中国科学技术大学出版社，2024.3
ISBN 978-7-312-05910-0

Ⅰ. 汪… Ⅱ. 乔… Ⅲ. 汪道昆(1525—1593)—古典文学研究
Ⅳ. I206.48

中国国家版本馆 CIP 数据核字(2024)第 044643 号

汪道昆文学研究
WANG DAOKUN WENXUE YANJIU

出版 中国科学技术大学出版社
安徽省合肥市金寨路 96 号，230026
http://press.ustc.edu.cn
https://zgkxjsdxcbs.tmall.com
印刷 安徽国文彩印有限公司
发行 中国科学技术大学出版社
开本 710 mm×1000 mm 1/16
印张 9.5
字数 153 千
版次 2024 年 3 月第 1 版
印次 2024 年 3 月第 1 次印刷
定价 50.00 元

前　言

汪道昆一生历经嘉靖、隆庆、万历三朝，其人生前影响力巨大，身后又褒贬不一，是一位在明代文学史乃至徽州文学史中具有特殊地位和影响力的文人，其文学成就需要重新审视和认知。对此，我们既不能以乡愿之情一味拔高其人文学成就，又不能以王世贞（主要是晚年评论）、清代四库馆臣及钱谦益等人的负面评价为依据衡量其人其文，而应立足《太函集》《大雅堂杂剧》文本，细读文本，知人论世，重新评价和衡量汪道昆其人其文的价值和意义。

汪道昆一身而四任：商贾、文人、武官、隐士。多重身份的叠加模糊了其原本应有的面貌。如何拨开其身上的重重迷雾，努力还原其本来面貌，这是我们期望达到的写作目的。

作为徽商之子，出身徽商家庭，徽州"地狭人多"的地域特征、徽商"贾道儒行"的价值取向、士商之间的交流契合等对汪道昆的思想产生了积极影响。他的笔下多儒商，多写商人的乐善好施、品行高洁，还写商人背后的女性——为了支持丈夫创业，默默付出，坚忍而伟大。

无论是徽商，还是徽州女性，甚至是千千万万的徽州人，推动其情感认同的是徽州宗族的力量。“聚族而居”的徽州宗族特征既像一根纽带，将同宗同族的人联系到一起，共同抵御来自外部的风险挑战；又似一面旗帜，召唤家族成员，特别是具有一定文学兴趣爱好的成员，一起谈文论艺，共同促进家族文学乃至地域文学的兴起。汪道昆和他的兄弟以及族人等的诗文唱和之作就是鲜明的例证。

作为一介文人，汪道昆虽不似同时代的王世贞执明代中后期文坛之牛耳，但在当时的徽州地区，其影响力和号召力不容小觑，组织发起了“肇林社”“丰干社”“白榆社”“南屏社”“颍上社”等文学社团，开启了“新安诗群”。汪道昆的诗歌书写范围广泛，既有戎马生涯的深情回望，又有乡居岁月的诗意书写，还有友朋酬唱的点滴记录，更有家族亲情的细致刻画……其散文创作特别是商人传记具有较高的文学价值和思想价值。其商人传记有以下几点需要关注：反对“谀墓”之作，认为“谀墓无当，君子耻焉”（《太函集》卷五十五《明故宛平丞吴长公元配汪孺人合葬墓志铭》）[①]；着力刻画“儒贾”形象；着重日常生活的“发现”和“以动作展现性格”[②]等。其戏曲创作主要以《大雅堂杂剧》为代表，在形式上进行变革，在内容上主要书写一代文人的迷惘，在明代戏曲史上具有较大的影响力。[③]

作为抗倭武官，协助戚继光勠力抗倭无疑是汪道昆人生中不多见的精彩时刻，他和戚继光之间结下的诗剑之情在诗歌、散文中大量出现。一方面，汪道昆心忧家国，胸怀保家卫国之心，对日渐猖獗的倭寇骚扰沿海居民带来的兵燹之灾而忧心忡忡；

---

① 如无特别说明，本书征引相关文献均来自《太函集》（胡益民、余国庆点校，予致力审订，黄山书社 2004 年版）。为避重复，随文附注卷数及篇名。

② 朱万曙. 徽商与明清文学[M]. 北京：人民文学出版社，2014：162-167.

③ 明末沈泰编《盛明杂剧》初集、二集，将《大雅堂杂剧》置于初集之首，随其后的是徐渭《四声猿》，由此可略见一斑。

另一方面,汪道昆在诗文中又以深情的笔触回忆了他和戚继光并肩战斗、齐心抗倭而结下的深厚情谊。特别是其中关于抗倭的军旅生活诗,既拓展了以往边塞诗的书写范围,由大漠塞北转移到东南沿海;又改变了以往边塞诗的情感倾向,"在这场反击侵略、捍卫主权的战争中,积极乐观的精神占据了主导地位,以往边塞诗中寂寞、思乡、厌战的情绪都被理性克服,化作了报国的热情和动力"[①];还丰富了边塞诗的意象种类,之前的边塞诗常见的意象有"瀚海""楼兰""大漠""狼山""刁斗"等,呈现出典型的北地风物特征,汪道昆的诗歌则出现了"岛""南国""海""鲛人""鲸鲵"等,令人耳目一新。

作为乡居隐士,汪道昆的隐逸思想呈现出较为丰富的面相。一方面,他继承发展了徽商的"贾隐"思想,倡导"宁以贾隐禅,毋以禅隐贾",依托商贾丰厚的物质条件选择自己想要的隐逸生活;另一方面,他主张"隐不违俗,贞不绝俗",强调隐逸生活并不是选择与世隔绝,而是贵在"适",选择在世俗生活中吟咏情性、感悟生活、体悟人生。庄子是汪道昆隐逸思想的源头,汪道昆在庄子隐逸思想的基础上提出了"环中隐"理念。大量的"沧洲""衡门""鸱夷"等隐逸意象是汪道昆隐逸思想的具象呈现。

上述四重身份有叠加,也有分离,有时为了论述的方便,可能单独强调某一身份,但同时需要考虑汪道昆其他身份因素的影响作用。唯其如此,方能还原一个综合、立体、全面的汪道昆。这一点,是需要提醒和注意的。

之所以强调汪道昆的上述四种身份,启发来自罗时进先生。他在《文学社会学:明清诗文研究的问题与视角》一书的"自序"中指出,研读明清诗文时必须更多地关注"外部关系问题":

① 杨瑾.汪道昆六论[D].芜湖:安徽师范大学,2004:26-27.

> 中国古代诗文，从先秦到唐宋是各种文体的萌生、成长、形成阶段；明清诗文自然也有成长，甚至出现显性的发展，但这种发展是与回溯、总结相伴的。也正因为如此，诗文二体迄于唐宋，内部结构方面的问题很多，而至明清则外部关系问题更加突出。虽然，几乎所有称之为“外部关系”方面的问题在唐宋乃至先唐时代都有，但显然不如明清时代那样全面集中、高度呈现，这不免使人好奇。而正如文学内部结构具有相关性一样，外部关系问题之丛生往往表现为两种形态：一是链式的，一是树形的。前者是问题套连着问题，后者是主要问题旁生出诸多问题。这种复杂状态尤其能够激发出研究兴趣。因为，如欲抵达明清诗文的本真，理解其文人、文心、文本之感人处，不将诸多“外部”关系梳理清楚，多少会有些隔靴搔痒。[①]

罗时进先生认为，明清诗文中的“外部关系问题”具有“全面集中、高度呈现”的特点，其体现样式犹似大树，“主要问题旁生出诸多问题”，一主多从。上述汪道昆的四重身份无疑是从“文学社会学”视域解读汪道昆诗文的“外部关系问题”。缘于此，本书以汪道昆为个案，以《太函集》《大雅堂杂剧》为中心，试图将目光投注到这些“外部关系问题”上来，努力对此作出一定的尝试和探索。至于本书是不是能做到抵达汪道昆诗文的“本真”，是不是真正理解了汪道昆其人、其文心、其文本，甚至有可能是“隔靴搔痒”，唯待读者诸君明鉴。

需要特别说明的是，如前如述，汪道昆生活在16世纪，历嘉靖、隆庆、万历三朝，其交往的文臣武将、高德大僧、家族宗亲等尤为众多，相关线索极为繁杂，厘清其中的线索头绪对解读汪道

---

① 罗时进.文学社会学：明清诗文研究的问题与视角[M].北京：中华书局，2017：2.

昆其人其文极为重要。为此,我们以徐朔方先生的《晚明曲家年谱·汪道昆年谱》为蓝本,逐一爬梳,细致比照,同时充分吸收学界最新研究成果,尽可能做到"知人论世"。

本书的出版得到安徽省教育厅优秀青年人才支持计划重点项目(项目批准号:gxyqZD2016297)资助。

乔　根

2023年10月30日

目　　录

绪　论

一、汪道昆研究现状综述

作为与李攀龙、王世贞鼎足而三的明代中后期文坛的领袖人物，汪道昆生前身后人们对他的评价褒贬不一：誉之者赞为“司马公以文章命海内，所谓五百年而一睹者”[①]“汪中丞文、戚将军用兵及武夷山水为闽中三绝”[②]。其诗文甚至流播海外：“小邦极慕王元美、汪伯玉集，即童子皆能授读。”[③]语或夸张，但也从一个侧面反映了汪道昆作品的影响之大。贬之者则称其文：“肆意纵笔，沓拖潦倒”[④]“名在后五子中，最高自标置——其狂诞殊甚，然文章实皆伪体。”[⑤]更有甚者，钱谦益《列朝诗集小传》转引了一则汪道昆连苏轼究竟是何人也不知道的故事：

> 广陵陆弼记：嘉靖间，伯玉以襄阳守迁臬副。丹阳姜宝以翰林出，提学四川，道经楚省三省，会饮于黄鹤楼。伯玉举杯大言曰：“蜀人如苏轼者，文章一字不通。此等秀才，当以劣等处之。”众皆愕眙，姜亦唯唯而已。后数日会饯，伯玉又大言如初。姜笑而应之曰：“访问蜀中胥吏，秀才中并无此人，想是临考畏避耳。”众为哄堂大笑，伯玉初不以为

---

① 胡应麟《少室山房集》卷一一三《报汪氏二仲泊献于肇元诸昆》。

② 查继佐《罪惟录》列传卷《十八本传》。

③ 谈迁. 枣林杂俎[M]. 北京：中华书局，2006：569.

④ 钱谦益《列朝诗集小传》丁集“汪侍郎道昆”。

⑤ 纪昀等《四库全书总目提要》。

愧。此事殊可入笑林也。[①]

此则故事经徐朔方先生详细考证，实为无稽之谈。[②] 但也从某种程度上反映了后人对汪道昆诗文的一个极端评价及对文坛复古主义思潮的强烈反感。

学界关于汪道昆的研究，大致可分为20世纪和21世纪这两个大的时期。[③] 现代意义上真正对汪道昆开展学理研究的是日本学者青木正儿。1930年，青木正儿《中国近世戏曲史》一书出版，该书用了较多篇幅论述汪道昆的戏曲创作。随后，郑振铎在《插图本中国文学史》中谈到汪道昆对杂剧的体制创新：汪道昆在实际上是这个时代中第一个着意于写作杂剧的人……这四部剧都只是寥寥的“一折”。故事的趣味少，而抒情的成分却很重。在格律上，这些杂剧也完全打破了北剧的严规。最可注意的是：(一)有“引子”，以“末”来开场；(二)全剧都只有一折，并不像元人北剧之至少四折；(三)唱曲文的，并不限定主角一人，什么人都可以唱几句。南戏的成规，在这时已完全引进到杂剧中来了。[④]

值得一提的是，1953年，日本学者藤井宏先生的《新安商人研究》以《太函集》为中心，系统考察了徽商的经营状况、资本运作情况以及徽商对中国商业的历史地位等，是研究徽商经济史的代表作品。此后，有很多学者专注于汪道昆的戏剧创作，如傅惜华的《明代杂剧全目》、孟瑶的《中国戏曲史》、陈万鼎的《全明杂剧》、庄一拂的《古典戏曲存目汇考》等。

针对《水浒传》天都外臣“序”是否为汪道昆所写这个问题，学术界通过《光明日报》“文学遗产”专栏展开系列讨论。参加讨论的文章有徐朔方的《关于张凤翼和天都外臣的〈水浒传序〉》、吴晓铃的《漫谈天都外臣序本〈忠义水浒传〉》、汪效倚的《天都外臣：汪道昆》等。

关于汪道昆研究的论著，比较具有代表性的有：廖可斌的博士论文《复古派与明代文学思潮》之第十二章《复古运动第二次高潮的诗文创作》，专门探讨汪道昆的文学创作；李圣华的《晚明诗歌研究》论及汪道昆与新安诗

---

① 钱谦益《列朝诗集小传》丁集“汪侍郎道昆”。

② 徐朔方. 晚明曲家年谱：第三卷[M]. 北京：浙江古籍出版社，1993：2-3.

③ 刘彭冰对此有较为详细的论述，参见：刘彭冰. 汪道昆文学与交游研究[M]. 北京：中国文史出版社，2018：2-9.

④ 郑振铎. 插图本中国文学史[M]. 北京：作家出版社，1957：893-895.

群的关系；刘彭冰的《汪道昆文学与交游研究》从文学与交游两个层面展开论述，“文学编”部分含思想心态、诗文创作、戏曲创作、传记文学、文学批评共五章内容，“交游编”部分包括“与文学社团的交游”“与朝野士人的交游”“与高僧大德的交游”等内容。在已问世的论著中，复旦大学郑利华的《明代诗学思想史》尤为关键，郑著皇皇 86 万字，共 22 章，其中第十七章论述“汪道昆、李维桢的诗论导向”。该章将汪道昆与李维桢合而论之，其理由是汪道昆与李维桢“分别被王世贞纳入‘后五子’与‘末五子’之列，他们同后七子文学集团关系较为密切”。[①] 郑利华分别从“‘师古’与‘师心’及相关问题”“诗歌演化与宗尚脉络的重新梳理”“学古习法原则的再确认”“‘性情’说的申诉动机与理论背景”等角度展开。汪道昆、王世贞均推重李维桢，由此可见李之位置之重要。缘于此，郑利华认为，“汪、李论诗既有与之相同或近似的一面，又有与之差别明显的一面，二人提出的相关主张，从一个侧面反映了七子派后期诗学思想延展与变化的趋势”。[②]

从硕博论文来看，21 世纪以来关于汪道昆研究的单篇硕博论文渐次出现。耿传友硕士论文《汪道昆商人传记研究》（安徽大学，2002 年）详细分析了汪道昆的商人传记写作的时代背景、文化土壤、史料价值、思想倾向、文学价值以及其中的局限性等[③]；杨瑾硕士论文《汪道昆六论》（安徽师范大学，2004 年）论述阳明学说对汪道昆的影响、汪道昆的诗歌创作、汪道昆的散文创作、汪道昆的戏剧创作等，对汪道昆的思想、诗文戏剧创作进行了较为全面的论述；胡小姗硕士论文《汪道昆碑传文研究》（安徽大学，2014 年）从汪道昆碑传文概述、汪道昆碑传文代表性人物抽样分析、汪道昆碑传文特点、价值及影响等方面解读了汪道昆的碑传文；肖玉静硕士论文《汪道昆及其剧作研究》（山西师范大学，2016 年）从汪道昆的生平和创作、交游、《大雅堂乐府》及其他剧作等方面对汪道昆剧作进行了解读；余艳芳硕士论文《汪道昆散文研究》（南昌大学，2021 年）从汪道昆的家世、生平与交游、散文理论、散文的分类、散文的思想内涵、散文的艺术特色、散文的共时与历时借鉴等展开论述，特别是将汪道昆散文分为记叙性散文、说明性散文、实用

① 郑利华. 明代诗学思想史[M]. 上海：上海古籍出版社，2022：514.

② 郑利华. 明代诗学思想史[M]. 上海：上海古籍出版社，2022：515.

③ 经检索，耿传友硕士论文在汪道昆研究系列硕士论文中有发轫之功，耿文问世之时黄山书社版《太函集》点校本尚未问世（2004 年 12 月出版）。

性散文三大类，较有新意。此外还有郑利华的《汪道昆与嘉、万时期文坛的复古运动：以其与七子派关系考察为中心》、耿传友的《汪道昆与明代隆庆、万历间的诗坛》、李圣华《略论后七子派后期诗歌运动》等，都对汪道昆进行了研究。

从史学角度研究汪道昆的研究论文也较多，其中学位论文仅见3篇，吴兆龙硕士论文《汪道昆的家谱编修活动及其理论成就》（安徽师范大学，2012年）从汪道昆家谱编修的原因及过程、汪道昆所修家谱的内容及体例、汪道昆的家谱观及家谱评价观、汪道昆家谱人物传记的编写特点、汪道昆家谱人物传记的思想性等方面解读了汪道昆家谱编修活动及理论成就；李媛媛硕士论文《为徽商立传：晚明儒士汪道昆与〈太函集〉》（华中师范大学，2015年）[①]从传统徽商的社会地位与形象、汪道昆与《太函集》、儒士汪道昆何以为徽商立言、《太函集》所塑造的徽商形象等方面解读了《太函集》中的徽商形象塑造；裴书芳《汪道昆处士观解析：以〈太函集〉中的处士传为中心》（东北师范大学，2017年）侧重从传统儒家理念中的处士解读、汪道昆处士观分析、汪道昆商人处士观形成原因、汪道昆处士观评价等层面评价汪道昆的处士观。

汪道昆生平传记方面的论著有金宁芬撰写的《汪道昆》，该文收在胡世厚、邓绍基主编的《中国古代戏曲家评传》一书中。此外还有徐朔方《汪道昆年谱》、汪超宏《〈汪道昆年谱〉补正》、赵克生《〈明史·汪道昆传〉补正》、刘彭冰《〈大雅堂序〉考论》等。[②] 另，张健《徽州鸿儒汪道昆研究》分别从家世渊源、为官从政、文坛地位、徽商情缘、汪道昆研究评述等方面展开论述，正文后有四篇附录，包括俞均所作的汪道昆墓志铭（下文将提及）、汪道昆传记资料、汪道昆生平活动简表、汪氏家谱目录等。

值得注意的是，张剑的《略谈〈汪道昆墓志铭〉的价值》一文利用新发现的资料对汪道昆其人其事进行新的资料上的补充。该资料是指明人俞均的《明通议大夫兵部左侍郎汪南明先生墓志铭》，可以补徐朔方等人所撰写的《汪道昆年谱》史料方面的不足。同时，该墓志铭对了解汪道昆的思想具

---

① 此文属于从史学维度对汪道昆进行研究的硕士论文，理由是该文封面“申请学位学制专业”为“中国古代史”。

② 刘彭冰. 汪道昆研究现状简述[J]. 古籍整理研究学刊，2007(5)：91-94，65. 本节部分相关资料参考刘文，特此说明。

有较大的文献价值。

文献整理方面，安徽大学徽学研究中心 2004 年整理出版了《太函集》全四册。该书由黄山书社出版，胡益民、余国庆点校，前言部分由胡益民撰写。前言部分包括汪道昆的仕宦经历、著述与版本流传、《太函集》的史料价值、关于本书的整理四个部分组成。整理过的《太函集》文后有《太函副墨》的"集外文"若干篇，附录部分包括《太函副墨》诸家序跋(李维桢序已置全书篇首故除外)和传记、交游、评论资料汇编。

除此之外，还有从治军防边角度解读汪道昆的单篇论文(黄彩霞《托遗响于悲风:汪道昆的治军防边思想》,《黄山学院学报》2003 年第 4 期)，从经济思想角度研究汪道昆的单篇论文(陈敬宇《汪道昆经济思想特色刍议》,《安徽广播电视大学学报》2006 年第 6 期)等。

从以上综述来看，汪道昆研究已经取得了一定成就。尤其是文献资料的整理为其后的研究提供了可靠的文本和充实的基础。与此同时，我们还应看到对汪道昆的研究尚有以下不足之处：

(1) 研究视野较为狭窄。以往的研究较多地关注《太函集》所反映的经济思想、军事思想、宗族制度，而较少涉及汪道昆的文学创作。即使涉及文学创作，也把焦点投向汪道昆的戏曲创作，对诗文创作涉及较少。《太函集》成为后代学者谈论徽商、徽文化所征引的常见资料，但利用《太函集》解读汪道昆文学成就的较少。

(2) 关注程度相对不够。前文已经提及，汪道昆与李攀龙、王世贞鼎足而三。相对而言，学界对李攀龙、王世贞的研究已经取得丰硕成果。就博硕论文而言，检索"中国知网"[①]，以"李攀龙"为题的博士论文 1 篇(蒋鹏举《李攀龙研究》，陕西师范大学，2005 年)，硕士论文 8 篇(毕伟玉《李攀龙唐诗选研究》，上海师范大学，2003 年；王秋明《李攀龙年谱稿》，兰州大学，2007 年；苏晓辰《试论李攀龙的〈唐诗删〉》，黑龙江大学，2011 年；龚兰兰《明清李攀龙研究》，复旦大学，2012 年；许莹莹《李攀龙诗歌用韵研究》，华中师范大学，2016 年；任蕾懿《李攀龙〈古今诗删・明诗删〉研究》，西华师范大学，2019 年；王妍《李攀龙〈沧溟集〉版本研究》，河北大学，2021 年；叶俐辰《经史观念影响下李攀龙的散文创作论及序志文研究》，华东师范大学，

① "中国知网"搜索截止日期为 2023 年 6 月。

2022年)。而以“王世贞”为题的博硕论文则更多,其中仅博士论文就有9篇(郦波《王世贞文学研究》,南京师范大学,2003年;魏宏远《王世贞晚年文学思想研究》,复旦大学,2008年;熊沛军《王世贞书论研究》,首都师范大学,2008年;高刘巍《王世贞的园林实践与观念》,北京林业大学,2010年;汤宇星《弇山:王世贞与苏州文坛的艺术交游》,中央美术学院,2013年;杜娟《王世贞书画鉴藏研究》,中央美术学院,2013年;王馨鑫《王世贞文学思想与明中后期吴中文坛关系研究》,首都师范大学,2015年;周颖《王世贞年谱长编》,上海交通大学,2017年;陈远《王世贞的〈水程图〉与明代大运河之旅》,中国美术学院,2019年),硕士论文43篇(王燕《王世贞史学研究:兼论明代中后期的私人修史》,苏州大学,2003年;孙礼祥《王世贞商人传记研究》,安徽大学,2004年;杨开飞《王世贞书法观研究》,西南师范大学,2005年;张多强《〈书画跋跋〉中王世贞、孙鑛二家书学之比较研究》,吉林大学,2005年;马敏《王世贞〈曲藻〉研究》,兰州大学,2007年;陈俊堂《王世贞书法思想研究》,首都师范大学,2007年;李海燕《明代嘉靖、万历年间山人研究:以与王世贞和袁宏道交游的为主》,暨南大学,2007年;罗燕《明代王世贞功名观研究:以文学成就和官场政绩为中心》,苏州大学,2008年;马明辰《王世贞的鉴藏活动与山水画史知识的形成》,中央美术学院,2008年;李霞《王世贞文学复古思想研究》,新疆大学,2009年;张亚玲《明代骈俪派形成与王世贞关系研究》,河北师范大学,2010年;薛瑾《〈史记〉与复古派盟主王世贞》,河北师范大学,2010年;聂国强《从王世贞〈弇州山人四部稿〉谈吴门隶书》,中央美术学院,2011年;任龙《论王世贞对李白的接受》,四川师范大学,2012年;段明明《王世贞辞赋研究》,山西师范大学,2013年;张海燕《王世贞墓志铭研究》,华中师范大学,2013年;岳智宇《王世贞诗文创作理论研究:以〈艺苑卮言〉为中心》,重庆师范大学,2013年;樊恒勇《王世贞论初唐四杰》,安庆师范学院,2013年;朱彦霖《王世贞书画鉴藏与交游研究》,苏州大学,2014年;王笑竹《明代江南名园王世贞弇山园研究》,清华大学,2014年;左毅颖《王世贞与园林》,天津大学,2014年;何正安《从新题乐府及七言律诗看王世贞对杜诗的接受》,西南大学,2015年;唐温秀《王世贞著述序跋资料整理与研究》,兰州大学,2015年;高原《王世贞散文批评理论研究》,沈阳师范大学,2015年;岑升昀《王世贞与胡应麟关系研究》,上海交通大学,2016年;何丹兰《王世贞与徐阶关系研究》,上海交通大学,2016年;汪琼珍

《王世贞与王锡爵关系研究》,上海交通大学,2016年;王欣悦《王世贞诗歌理论研究》,华中师范大学,2016年;胡沈含《王世贞抚郧期间文化活动考》,上海交通大学,2017年;张呈瑞《王世贞词研究》,上海交通大学,2017年;牛浩昌《王世贞的优劣批评研究:以〈艺苑卮言〉为中心》,宁波大学,2017年;董熙良《王世贞的文章论与乐府说》,华东师范大学,2017年;张彭《王世贞隐逸题材诗歌研究》,扬州大学,2018年;杨森旺《王世贞汉魏诗学观研究》,河北大学,2018年;肖群霖《王世贞〈艳异编〉"艳""异"母题研究》,湖北民族学院,2018年;陈琛《王世贞艺术思想研究》,武汉理工大学,2019年;牛春丽《王世贞书法题跋研究》,河北大学,2019年;孔贝贝《王世贞书序文研究》,华中师范大学,2019年;史远《王世贞"墨迹跋"价值研究:兼论其对地域书史的建构》,杭州师范大学,2020年;赵鑫《王世贞题跋研究》,南京师范大学,2021年;栾河淞《王世贞园林意趣与实践研究》,北京林业大学,2021年;刘菊《王世贞政治观及对当前党员干部政治品格培养的启示研究》,西华大学,2021年;江婷《王世贞意象思想研究》,华东师范大学,2021年)。

(3) 较少涉及文本解读。在研究汪道昆的文学成就时,由于受到上述钱谦益等清人评论的影响,大多从负面角度否定汪道昆的诗文。即使有所肯定,也是贬多褒少,褒只不过是一种点缀。迄今为止,很少有人对汪道昆洋洋1700多首的诗歌进行细致的文本分析,对他的散文研究也仅限于商人传记部分。至于散文中的行状、墓志铭、寿序、诔、疏、议等文体,尚未做到认真剖析,而是袭用前人所论:"汪文刻意摹古,尽有合处。至碑版纪事之文,时援古语以证今事,往往扞格不畅,其病大抵与历下同。"[①]究其根本原因,在于没有立足文本,站在明代文学史的视域中衡估汪道昆散文的价值,而是因人废文,放大个人恩怨、好恶,进而影响了对文学家的评判:"王、李七子起时,汪太函虽与弇州同年,尚未得与其列。太函后,以江陵公心膂骤贵,其副墨行世,暴得世名。弇州力引之,世遂称元美伯玉,而七子中仅存吴明卿、徐德甫,俱出其下矣。"[②]

(4) 评价标准缺乏客观公允。前面已经提到,对汪道昆的研究要么扬之过甚,对其极尽溢美之词;要么抑之过甚,对其文学成就漠视贬低。在对

①② 沈德符.万历野获编[M].北京:中华书局,1959:630.

汪道昆的文学研究中没有把他的文学创作的个性凸显出来，仅把他视为王世贞、胡应麟等名家“阴影笼罩”下的一个可有可无的人物。对汪道昆的评价，不可避免需要直面这些问题：“我们应该给予汪道昆怎样的历史定位？他是久被埋没的大家，或只是光耀一时的过客？他开创了怎样的文学风气，或只是把持了暂时的学术话语？清朝贵族出于统治需要，对汪道昆其人其文，有无刻意中伤或贬低？我们今天的评判标准，是客观公正的，还是自认为客观公正的？”[①]更为关键的是，以四库馆臣为代表的具有很大影响力的群体对明代诗文复古运动的评价存在双重标准：“对复古派之外的作家评价尺度较为宽松，而对复古派则投以苛刻的批判目光。其目的是要凸显复古派复古主张的褊狭，却同时反映出自身对明代诗文创作和文学演进缺乏融通的批判态度，也暴露了因株守官学立场而造成的观念先行、表达受限的理论缺陷。”[②]这些问题既有共时层面的（立足于明代文学史），也有历时层面的（立足于整个文学史），既有点上的对个案作家的客观评价，又有面上的对整个文学家群体（特别是“前后七子”）的总体研判。我们应摒弃先入为主的思维模式，坚持出以公心，立足实际，客观判断。

鉴于此，我们应将汪道昆纳入明代复古运动的大潮中，持“了解之同情”之态度（陈寅恪语），细读文本，“抛弃就事论事的简单思维方法，抱着充分的耐心去探索，就会发现明代复古派这块文学化石中，也跃动着时代的脉搏，蕴含着一群活生生的灵魂。”[③]

二、研究内容和方法

（一）研究内容

本书主要以《太函集》为中心，兼及《大雅堂杂剧》，结合汪道昆的生平、思想，将汪道昆放在徽文化的视野下解读汪道昆的诗文。诗歌方面，主要从汪道昆的诗歌理论、诗歌内容、艺术特色三个层面展开。《太函集》中共

① 刘彭冰．汪道昆文学与交游研究[M]．北京：中国文史出版社，2018：1-2.

② 何宗美，刘敬．明代文学还原研究：以《四库总目》明人别集提要为中心[M]．北京：人民出版社，2014：302.

③ 廖可斌．复古派与明代文学思潮[M]．台湾：文津出版社，1994：2-3.

收有诗歌1700多首,大多数诗歌系汪道昆中年致仕以后所作,解读这些诗歌时应考虑这些因素。汪道昆的诗歌理论在“后七子”复古思潮影响下也有修正,有自己的特色。诗歌内容方面,汪道昆的诗歌可以分为四类:赠答诗、军旅生活诗、写景状物诗、咏怀诗。这四类诗较有代表性地反映了汪道昆诗歌创作的成就。诗歌艺术特色方面,主要从诗歌体裁方面分析汪道昆各类诗歌的艺术风貌。汪道昆近体诗学杜之处较多,两者之间有可比较之处。本书主要从语言方面(运用联绵词、对仗艺术、用典、好用佛语等)进行比较。散文方面侧重谈汪道昆的散文的思想内容、散文的风格特征、散文的语言特点等。戏曲方面着重从文本出发,解读汪道昆《大雅堂杂剧》的艺术特色及在中国戏曲史上的地位和影响。

（二）研究方法

在“细读”原典的基础上,以徽文化这一独特的地域文化视角解读汪道昆。分析作品时,坚持“知人论世”,持“了解之同情”的态度,努力做到客观公正,以期还原一个真正的汪道昆。我们所参考的文献主要是汪道昆的《太函集》《大雅堂杂剧》以及同时期与汪道昆相关的文人文集(如王世贞、李攀龙、胡应麟、屠隆等人的作品),还包括前贤时哲研究汪道昆的论著、徽学相关研究论著等。

第一章　汪道昆的生平和思想

第一节　生　　平

汪道昆(1525—1593),安徽歙县人,初字玉卿,后改字伯玉,号南明、南溟,别署太函氏、泰茅氏、方外司马、天都外臣等。

汪道昆出生在一个盐商的家庭。祖父汪守义,字玄仪,贾于东海诸郡。因有长者之风,颇受世人尊崇。父良彬,尚侠义之行,曾贩盐于吴越间,因不愿理财,改而习武,后又慕神仙,求不死之道。叔良植,业贾。其家以儒为业,则自汪道昆始。

汪道昆生于嘉靖四年乙酉十二月二十七日(嘉靖乙酉为1525年,阴历十二月二十七日为1526年1月9日,故生年从1525年计起),卒于万历二十一年(1593)四月十九日,历嘉靖、隆庆、万历三朝。

汪道昆一生经历,简述如次:嘉靖二十五年(1546),中应天乡试第九十名,嘉靖二十六年(1547),中会试第五十九名,殿试三甲第一百零七名,与张居正、王世贞等为“同年”。当年十二月初授金华府义乌知县,其时年甫二十二岁。嘉靖三十年(1551)初入为南京工部主事,四月,升北京,任户部江西司主事,奉命于“崇文门主榷”(参见其孙汪瑶光所编《年谱》)。次年,复奉部令督修京师城墙。

嘉靖三十年(1551)改任兵部职方司主事,这是他以文官兼理军务的开始。四年之内，相继升任兵部武库司员外郎、武库司署郎中事员外郎。嘉靖三十六年(1557)十一月，升任湖广襄阳府知府。四年任满后(1561)，升任福建按察司副使，备兵福宁，协助备倭防务。次年壬戌(1562)，“倭陷兴化，全闽大震。汪道昆走浙，请督抚胡宗宪檄总兵戚继光将浙兵往。于是汪道昆主画策，继光主转战，诸贼皆次第削平”[①]。此为汪道昆与戚继光在军事上合作的开始。而著名的“戚家军”，就是经当时浙江巡抚赵炳然给饷，在汪道昆曾任知县的义乌招募的，这无疑是出自汪道昆本人的建议。

嘉靖四十二年(1563)十月，升任福建按察司按察使，与戚继光共理军务；次年(1564)四月，复以都察院右佥都御史身份，提督军务巡抚福建地方。嘉靖四十五年(1566)六月，因南京给事中岑用宾弹劾其在军中“以酷刑激变，又贪污不检”，罢归。在福建的四年，他作为戚继光的监军，两人共理戎政，配合默契，在战场上结下了深厚的友谊。汪、戚二人密切合作，在抗倭斗争史上，写下了浓墨重彩的一笔。

自嘉靖四十五年(1566)六月受劾回乡至隆庆四年(1570)二月起奉钦命复任以原职抚郧阳巡抚，汪道昆在歙县老家乡居了将近四年。这期间，除与戚继光、王世贞等人时有往还、相互酬唱外，其主要的文学活动是在家乡组织了丰干诗社。起复后，于次年(1571)调任湖广巡抚；又次年(1572)，自湖广巡抚升任兵部右侍郎。这一任职应与时任首辅的进士同年张居正推荐有关，其主要任务是“筹边”(参见《张太岳集·与汪伯玉》)。在任期内，他曾数次奉旨巡视蓟辽、保定军务。《太函集》卷八十七至卷九十四中一系列关于军务、边防的奏议，可看出汪道昆作为“能吏”，办理事务务实而又精明干练的一面。当然，这也与他的商人世家密切相关。尤其值得一提的是，他与时任蓟镇总兵的戚继光的再度相聚合作，无疑为充分发挥他的军事运筹才能提供了很好的平台。汪道昆与戚继光通力协作，留下了“闽非戚将军，弗克汛厥氛；而戚将军非先生(按，此处指汪道昆)，弗克剂厥用也，以故岛夷就平”[②]彼此相互成就的佳话。如果联系到当时文官与武将相

① 康熙《徽州府志》卷二十六，康熙刻本。

② 龙膺.龙膺集[M].梁颂成，刘梦初，校点.长沙：岳麓书社，2011：203.

互掣肘、彼此不和的事实，能够做到这一点实属难能可贵。[①]

万历三年(1575)六月，因与张居正意见不合，被迫陈情归养。自此至万历二十一年(1593)四月去世，虽经乡贤许国等努力，却再未起用。乡居十八年期间，作为声名显赫的“文坛领袖”之一，或受人请托，或以致仕乡绅和长辈身份支持同乡诗社文社，以文墨自娱。《太函集》中近半作品出自这一时期。

通过简述汪道昆生平，我们会发现有以下几个方面值得关注：

首先，汪道昆的一生，集商贾、文人、武官、隐士于一身。换而言之，汪道昆出身商人世家，后以儒起家、以武显才、因文扬名。在这众多角色的转换中，汪道昆真实的总体形象很难得到鲜明的立体的体现。[②] 也就是说，若就其中任何一个单一的身份角色，汪道昆都可以值得深入解读和研究，但在众多复合身份中，汪道昆的主体价值总被有意无意地遮蔽。正如他的好友龙膺所言，在汪道昆身上存在着太多的“知”与“不知”：

> 知先生之工文章也，而不知其善将将治兵如神也。已，人知先生之工文善将状元老猷也，而不知其笃孝友如张仲也。已，人知先生之敦孝友为昭代儒，而不知其证无生法幻视一切也。[③]

正因为汪道昆身上有太多的“知”与“不知”，他才能“幻视一切”，做到“吐辞润金石，治兵捷风雷”：

> 惟幻视一切，故能吐辞润金石，治兵捷风雷，执酒杯、玩声伎，如石人之对花鸟。至于仗大义，敦大伦，定大谋，戡大乱，文事武备，忠君孝亲，排群议以纾四国之危，薄三公以崇一日之养，弛张在握，出处有关。若夫嬉笑怒骂，尽成文章，风月烟霞，总呈圣谛，函三为一，其惟先生。故先生生而黄屋知之，儒墨缁素知之，儿童走卒知之，即八表四裔知之，死而万万世人知之。先生宁独为千秋里重，亦宁独为黄山白岳重？

---

① 黄仁宇《万历十五年》详细地记录了明帝国政府重文轻武的风气影响下，文官轻视武将的情形：“……文官不仅在精神上对武官加以轻视，而且在实际作战中，他们也常常对高级将领提出无理的指责。如果将领当机立断，指挥部队迅速投入战斗，那是贪功轻进，好勇嗜杀；要是他们暂时按兵不动，等待有利的战机，那又是畏葸不前，玩敌养寇。兵士抄掠百姓，该管的长官自然要受到处分，然而事情的背景却常常是军饷积欠过久。军饷由文官控制，然而一旦发生事故，他们却可以毫不承担责任而由将领们代人受过”。(黄仁宇．万历十五年[M]．三联书店，1997：205-206.)

② 《汪道昆传》归在《明史·文苑传》里，附在《王世贞传》之后。

③ 龙膺．龙膺集[M]．梁颂成，刘梦初，校点．长沙：岳麓书社，2011：205.

其以名世为昭代重，不贤于鼎吕哉！[①]

也就是说，汪道昆身上有很多的不解之谜，也有很多需要探索和回答的问题：如作为生活在明代中后期的儒生，他的人生困惑和精神世界应如何阐释？作为一名参加平倭斗争有着丰富军旅生涯的官员，他的雄才大略又当如何判断？作为深受前后七子思潮影响的文人，他的文学成就应当如何衡定？一个个有关汪道昆的问号，需要我们摒弃习见，沿波讨源、披文入情，努力还原一个真实的、立体的汪道昆。

其次，汪道昆出身商人家庭，"业儒术"自汪道昆始。据记载，他三岁从祖父习诵古诗百首，"客至，令诵诗行酒以为常。"（卷四十三《先大父状》）少年时，汪道昆志慕修古，长辈发现后，严厉地制止了他的想法。其父良彬的家教是"引正义督其子，先实用而后文词"。[②] 乃父的教导在他日后的文学活动中得以体现：汪道昆成进士后，积极参与文学复古活动，借参加文学复古运动来提高自己的声名。他的政治才华得到张居正、王世贞、戚继光等人的推许。如前所述，汪道昆与戚继光一起抗倭，并且取得彪炳史册的业绩。由于宦海沉浮、仕途黯淡，万历三年（1575），汪道昆被迫回归故里，兴趣才由以前的"立功"转向"立言"。

再次，《太函集》中的大部分作品主要是汪道昆晚年乡居期间的作品。因此，解读汪道昆的诗文作品，应联系汪此时乡居期间的心境。如这一期间模仿杜甫《秋兴八首》而作的《秋吟八首》，其心态与杜甫创作此诗时的心态基本相似。对此，一方面要认真解读杜甫《秋兴八首》的艺术特色和文学价值；另一方面要放在明代文学史中出现的大量拟《秋兴八首》之作的背景中去思考，给予汪道昆此类作品恰切的评价。

此外，汪道昆生活的环境是素有"东南邹鲁"之称的徽州。明清时期的徽州文风馥郁，徽商的影响力遍及江浙一带。由于受传统的"四民观"的影响，商人的地位很低，受到世人的歧视。[③] 汪道昆对展现徽商形象、激赏徽商品格作出了自己的探索和尝试。

---

① 龙膺．龙膺集[M]．梁颂成，刘梦初，校点．长沙：岳麓书社，2011：205．

②《太函副墨》集前附《诰命》。

③ 如在徽商活动频繁的江浙一带，民间流传有"徽州朝奉（即徽商）锡夜壶"的说法。意思是锡制夜壶，锡便成了废物，不能改制成其他物品，因为那股腥臊气再也去不掉了。由此可见，世人心中的徽商已恶劣到不可救药的地步（赵克生．汪道昆与徽商[J]．六安师专学报，1999(1)：47-51，60）。

在《太函集》中，汪道昆创作了大量的商人传记，为这些商人树碑立传，从道德层面还徽商以尊严。从某种程度上来说，汪道昆成为徽商的代言人。“知人论世”，从这一层面解读汪道昆，庶几可以进入汪氏的诗文世界。

第二节 思 想

作为集商贾、文人、武官、隐士于一身的汪道昆，其思想有许多值得探究之处。

一、注重实用，积极用世

汪道昆生活在徽商家庭，世承商业，弃贾从儒自汪道昆始，他本人承担着改变一个家族的重任。前文提及他的父亲及时改变他“志慕修古”的想法，要求他“先实用而后文词”。因此，在这种教诲下，汪道昆积极参加事功，有很强的用世之心。晚年被迫乡居，才由“立德”转向“立言”。即使是乡居期间，也曾写有“圣主若论封禅事，老臣才力胜相如”（卷一百一十九《春首谒玄元太素宫》）等诗句，被钱谦益讥为“病风狂易，使人呕哕”[①]。

其实钱谦益的评价未免有失公允。汪道昆深受儒家文化影响，其积极的用世思想一直未曾消歇，有他自己的诗为证：“倘许燕然重勒石，班生殊自未龙钟。”（卷一百一十七《诸将后五首》）他以班固自况，希图东山再起，有燕然山勒石为铭之志。对此，有人指出，汪道昆是个用世心很强的文人：早年以功业自期，故不暇于文学；中年功业有所成就，故而有意与王世贞等交纳，用心于文学，是为了以文学作为功业的点缀；晚年专心于文学，在文名中寻求寄托，则是功业失意后的自我慰藉。[②] 无论是早年的“功业自期”，还是中年的“功业点缀”，更不要说晚年的“功业失意后的自我慰藉”，无不彰显着汪道昆的汲汲用心之志。

---

① 钱谦益《列朝诗集小传》丁集。

② 廖可斌.复古派与明代文学思潮[M].台湾：文津出版社，1994：476.

考之汪道昆生平履历，近70年的人生历程，可以以万历三年(1575)为界。前半段汲汲于功业，参加科举考试，中进士后任义乌县令，后调任户部主事主管税务，后又督工修筑城墙，这些都是一名读书人正常的荣进之路，与他人无异。这之后走上了仕途快车道，因受兵部尚书许论的赏识，先升任兵部武库司员外郎，后迁郎中。嘉靖三十六年(1557)出任襄阳知府，四年后升福建按察司副使备兵福宁，作为监军，与戚继光并肩战斗，在戎马生涯中结下战斗友谊。两年后，因抗倭有功升为福建按察使协掌监督全省水陆军事务，次年升福建巡抚。这一段时光应该是汪道昆人生的高光时刻。但好景不长，随后在嘉靖四十五年(1566)被劾罢官。其间，在家乡组织丰干社，与戚继光、王世贞等人交游，创作文学作品。隆庆四年(1570)任郧阳巡抚，第二年任湖广巡抚，次年任兵部右侍郎，襄事陵工、奉使巡阅蓟辽保定边务。万历二年(1574)为武闱试官。万历三年(1575)，请告归里，终老家乡徽州。从后半段来看，可谓是“失之东隅，收之桑榆”，汪道昆个人政治生涯彻底画上了休止符，但组织文学诗社、从事文学创作等活动没有停歇。家乡的山山水水抚慰了汪道昆蹭蹬的仕途命运，但也催生了汪道昆注重实用、讲究实效的个性品格。

这种重“实用”、积极用世的思想主要与汪道昆的商人家庭出身有关。商人不太讲虚名，重视实利，“贾为厚利，儒为名高”(卷五十二《海阳处士金仲翁配戴氏合葬墓志铭》)、“儒者直孳孳为名高，名亦利也”(卷五十四《明故处士溪阳吴长公墓志铭》)。在这里，汪道昆一方面把商人追逐财富和传统的儒业等同起来；另一方面又调和儒、贾之间的矛盾，纠正了人们对贾人的世俗偏见，提升了贾人的地位。同时，在“贾”“儒”二者选择的时候，汪道昆还是希望弃“贾”从“儒”：“翩翩者也，与其从里俗为富家翁子，无宁折节为儒。”(卷三《赠方生序》)汪道昆渴望建功立业，扬名立万：“士固有志……宁为三军鹰，行迸外夷以尊中国，无宁为游闲公子，扬扬得意以侘市人；宁露衣蓐食，临不测之地，以希不朽之名，无宁以身殉财，身没而名不称也。”(卷二《汪长君论最序》)汲汲于功名，不愿为财货所“殉”，慨然有用世之志。

汪道昆对一些能够为官一任，造福一方，施行“善政”的官员饱含激赏之情。如对歙县知县李琯，汪道昆从五个方面概括其“善政”：

> 邑故讼者盈庭，大都以间先入，不入则机格，入则法亡，君侯直己而明听之，无所用间，以故法不挠，民讼不烦，一也。邑故征输无艺，上

务樽节,而下困诛求。君侯置椟于庭,令编户得自输之椟,习见闾阎情状,询民疾苦而纾之,非直入无羡余,大者岁赋不耗,二也。比年奉诏铸钱积谷,有司率坐因循。君侯主鼓铸,务流通。民间得以钱为币,则又仿常平,以广积贮,为之期会而周视之。知天之天,钱谷不匮,三也。邑故患盗,君侯捕渠首而弃市曹;且严守望以备非常,戒博塞以夷渊薮。比者民得帖席,盗贼不滋,四也。君侯以文学饰吏治,文学弟子斐然向风。公暇则聚族而成其能,不啻师帅:诸儒生挟策就试者无虑千人,不竿牍借贷,则径窦贾勇,君侯屏诸强有力推毂者,诸市猾无敢狗行入为奸,洗旧弊而一新之,士习由之不二,五也。(卷五《邑大夫李君侯上计序》)

李琯在任期间,"察土俗,体群情,引三尺若从绳,曲直各归其当。法在左则左,法在右则右,一成而不可渝",采取了息讼止争、减少赋税、铸钱积谷、剿灭盗贼、矫正民风等一系列行之有效的"善政",于是产生了"境内称平,比间如出一口"的安定局面。汪道昆进而设想,李琯的"善政"若能推而广之,则"何患不平"!原因何在?汪道昆认为,原因在于"天下者,一邑之积尔。上之三事九列,犹大家也;下之百司庶府,犹庶民也。顾尊卑有序则体统正,体统正则朝廷尊,此国体也。今之在上者,不亢则贬,贬则日替;在下者不随则轧,轧则日陵。卒之其本在下,其末在上,纲纪倒置,国体之谓何!借令君侯入侍天子左右,尚安事陵?他日晋三事,都九列而上之,尚安事贬?正人心,持国体,其在斯乎!"由一人之"善政"、一域之安定而推及天下之安危,情系苍生,忧及天下,济世热肠,约略可见。

二、品质高洁,儒者风范

汪道昆出生在"聚族而居"的徽州,儒家的宗族伦理思想特别是家族成员的壮举、义举、善举对他影响很大。

在祖父汪守义身上,就发生过"力抗中贵"的壮举 和"贷府库金"的义举。

时中贵人刘景戍浙江,诬执贾人诸不法事,大索钱,不者且掠死,行县至括,客皆亡。景书公名,阴与捕吏约曰:"此节侠,得此勿问其余。"公业已亡,得少公守信,公顿足曰:"仲出,必死虎口。奈何以我杀仲!”乃诣捕吏,当少公。景方掠罪囚,目公甚伟,善容而问曰:“若何为?”公曰:“歙贾竖玄仪也。闻贵人下车,旦夕且奉千金为寿。”景愕然曰:“吾闻守义,不闻玄仪。”公曰:“字也。此中善视贾竖,故不名。”景领之,遂目公出。舍人附公耳语:“诸客皆走匿,安得千金?”公持券贷府库金,太守梁公许诺。会瑾败,连逮景,使者夜至,公得完。(卷四十三《先大父状》)

宦官刘景索掠商贾财富,不给钱就会面临“掠死”的危险,与汪守义同行的商贾纷纷逃亡。汪守义本来也已逃亡,但因其弟汪守信被抓,他便以己身代弟入狱,此为“力抗中贵”的故事。为免祸,汪守义向刘景承诺献上千金,但因资金一时难以筹措到位,故向太守梁公贷款,这就是“贷府库金”的故事。“力抗中贵”反映的是汪守义为救弟勇受牢狱之灾,体现的是“勇”;“贷府库金”则反映了汪守义为人守诚信、口碑极佳,不然难以想象可以在短短时间里能够贷得“千金”。

祖母吴氏出身商家,性格恭谨温顺,平常语虽不多,但颇有主见,“可片言定也”,特别是她能积极鼓励丈夫弃农从商。祖母“忧勤佐家,发早白,既又有肺病,未五十而衰”。(卷四十三《先大母状》)

父汪良彬“居常摄敝衣,曳敝蹝,无所芬华”“孝友恭俭,惇厚人伦”。(卷四十四《先府君状》)当汪良彬生病时,其族人争相为之祷告:“吾宗长老率诸亲戚闾里遍走群望,祷者千人。罗拜藂祠下,皆曰:‘长庚翁长者,人愿各损三日以益,翁寿可增十年。无已,人各增一日以益,翁寿可增三年’。”众人皆愿减自己生命为之增寿,其人格魅力由此一侧面约略可观之。

伯父汪良楷为人豪爽,“不事簿记”,但能“急人之困”,“出遇僵尸,辄为之棺殓”。(卷四十三《先伯父汪次公行状》)伯母许氏“治女红,习书数”,与妯娌关系相处良好。

耳濡目染,流风所及,汪道昆汲取长辈优良品德,孝顺父母、友爱兄弟、撰修族谱,品质高洁,颇有儒者风范。明人俞均在为汪道昆写的墓志铭(《明通议大夫兵部左侍郎汪南明先生墓志铭》)一文中对上述美德有详细记载:说他“性复孝友,事封公与胡淑人惟所欲为,必先意承顺之,迄白首弥笃。仲道贯故负才情,而困于一第,先生怜爱之,先是考绩,恩应任子,先生推以与仲。已而仲病痿,卧起一榻,先生极力调护,每有所如,辄命肩舆舁以相随。曾游西湖,访王先生于娄水之上,仲未尝不从,人以是益贤先生为不可及。群从道会尤俊杰,先生怜爱之,亚于仲焉。至其复始祖墓考,迁祖庙,修十六族之谱,凡以崇本始、广孝敬、联亲疏,靡不刳心焉。辛卯,仲不禄,先生哀之甚,嗣是常忽忽不乐。”[1]

于内而言,对待家人有情有义。汪道昆高度重视人伦亲情,他认为,“人之有情,乐莫乐于成名;子之事亲,忧莫忧于不逮。此夫人之恒情也。乃若拊子之孤,奉母之寡,即有忧乐,视夫人滋甚焉,情之必至者也。”(卷八十二《祭程母凌太夫人文》)汪道昆能不顾妻家贫寒,义娶病妇:“长公(按:即吴华显,汪道昆岳丈)乃许予婚……先大母勒予曰:‘嘻,孺子妇家贫。’予曰:‘男儿恃妇家邪,愿置毋问’。其后恭人病疟,疟且逾年。善医者吴洋告家大夫,此瘵征也。家大夫归语吾母,与其嫁祸吾子,宁缓婚期。予私告母曰:‘儿从博士受礼,礼无婚姻大焉。吴氏女既字而笄,生死则吾妇也。女即病,其生死犹未可知,乃今窃计其必死而逆妇愆期,于礼何有!’”(卷四十六《赠恭人亡妻吴氏墓志铭》)今日读来,仍让人唏嘘不已。

于外而言,对待朋友一如既往。面对恩师兼同乡胡宗宪蒙冤入狱、自杀身亡这一悲惨遭际,他人唯恐避之不及,汪道昆却多次在诗文中追忆胡宗宪,为之打抱不平。胡宗宪于嘉靖四十四年(1565)十一月自杀身亡,一年之后,也就是嘉靖四十五年(1566)汪道昆即在诗歌中深情追忆他,并缅怀胡宗宪一生的丰功伟绩,感慨其“鸟尽弓藏”的不幸遭际。

冬日山村十首(其四)

忆昔从司马,长杨较射熊。
霓旌千骑出,天网四隅空。
文岂相如似,时应汉主同。
只今飞鸟尽,好为韣良弓。

想当初追随胡宗宪,浴血奋战,勠力抗倭,何等无比荣光、气势恢宏:“长杨较射熊”“霓旌千骑出,天网四隅空”;而如今,写给胡宗宪五十寿辰的寿文《奉寿大司马胡公序》也不过刚刚过去了四年(1562),但胡宗宪已离开人世了,真可谓“鸟尽弓藏”,令人神伤!不仅如此,汪道昆还为沈明臣诗集《孤愤集》作序,其序更是把对胡宗宪的追慕之情书写得淋漓尽致。

胡司马有社稷功,中憾者,卒死请室。今上毕录先帝故臣功状,置

---

① 张剑.略谈《汪道昆墓志铭》的价值[J].河南教育学院学报(哲学社会科学版),2008(1):63-66.

司马不以闻。司马藁葬山中，诸门下士若故人无一至者。沈山人为司马诔，则自四明走墓下哭之。初，吴虎臣及余二仲氏郊劳山人，山人马首东矣。问曰：“司马犹被此名以死，山人哭者何？”山人慷慨言曰：“司马功盖东南，非臣一人以也：往臣窃观司马，多大度，憎喜自如。当意辄予千金，不当辄嫚骂。臣非礼弗食，故千金不及臣。然坐客多贤豪贵人，司马目摄之，不为礼。比臣在坐，意独属臣。臣居与居，臣起与起，其所严事者，宜莫如臣。乃今身陨而名不传，臣固未得死司马所耳。臣病三年矣，孤愤上通于天，天且为臣陨泣。又明日，诸君东望，百里外雨霏霏自大鄣来，此臣哭司马时也。”厥明，日出无光。顷之，雨至，与语合。

于是山人过不佞，相与登舍后山，出司马诔读之，四坐愤发。不佞起长跽，进曰：“我国家倚办东南，不啻外府，天胙司马，幸不蔑东南，此所谓社稷功也。高皇帝以八议释有罪，必先议功。先帝故尝多司马功，死司马，非先帝意也。即司马亡论已，奈何伤先帝之明，不佞先帝旧臣，愿为山人寿。”虎臣次进曰：“孤不肖，尝遇司马前茅。孤方引诸少年，挟吴姬楚女，履舄遮道。”呵者至曰：“客何为？”孤叱曰：“毋多言。客高阳酒徒吴守淮也。”司马叹曰：“嗟乎，此吾故人子，引车避之”。于是人皆谓孤狂，谓司马长者。往岛夷起吴越，率以泽量人。司马提三尺剑，全活之，何论亿兆。及司马不幸死，卒无能发一辞。非山人，则皆喑者矣。孤德司马于今，终不能忘；孤愿为山人寿。次二仲氏进曰：“凡诸功罪有主者，两生不敢知。当司马时，彼都人士莫不藉宠灵，被恩泽。司马一旦受法，则群起而诽訕之：彼何能，顾尝嫚骂我。然今嗛嫚骂则昔抵千金者也。彼其视怨如丘山，视德如流水，谓司马何！食人之德而有二心，士之耻也。幸山人出，且为都人士一洗之。司马以好士闻，今得士矣，愿为山人寿。”酌毕，白云起东海，亘青天而西。于是相与东乡酹曰：“司马有灵，擐甲皑皑至矣。”二三子属不佞扬扢其事，则以山人所自赋，若为山人赋者附之。（卷二十一《孤愤集序》）

沈明臣确实难能可贵，能够在胡宗宪下葬后，“诸门下士若故人无一至者”的情况下，奔走呼号，为胡宗宪撰写诔文；汪道昆更难能可贵，顶住巨大风险，追怀胡宗宪，感念胡宗宪，并对沈明臣的义举表示赞赏，实属不易。

首辅张居正权倾一时，张的父亲张文明七十大寿，王世贞、汪道昆等都曾撰文为之贺寿。在炙热一时的张居正倒台后，很多人避之唯恐不及。王世贞更是将寿序从文集中撤除，而汪道昆依然在《太函集》中保留了《封柱国少师张公七十寿序》一文："张居正父七十，世贞、道昆俱有幛词。世贞刻集中。六七年居正败，遂削去。道昆垂没自刻全集，在居正身后十年，而全载此文，不窜去一字，稍存雅道。"[①]由此可见汪道昆为人心存"雅道"，不落井下石，此处可略见一斑。

汪道昆关心民瘼，对身陷旱灾、水灾、蝗灾等灾害困厄中的黎民百姓，无不投之以同情的眼光。如《春雨叹》一诗：

忆昔场中结少年，春游跋扈东风前。
绿堤新柳张步障，绕郭晴川出画船。
三年泣血空皮骨，向来狂态今孱然。
一春准拟恣欢赏，九陌相将拼醉眠。
江北江南天漠漠，社前社后雨绵绵。
应门稍喜少车辙，执爨恰愁低突烟。
苜蓿饱撑杈下马，青蚨牢挂杖头钱。
经旬泥潦旧雨断，满壁蜗涎新雨连。
欹枕苦牵蛮触梦，闭关且学辟支禅。
山楼薄暮开返照，版屋崇朝入漏天。
闻说轩皇怒不发，谁干岳帝窃其权？
雨师无端沈后土，日御底事匿虞渊。
二麦沾泥烂欲死，百花无处不可怜。
愁闻斗粟价腾踊，况乃近市争喧阗。
为叱群龙太放颠，试看剑气白虹悬。
亟须夹日扶桑上，慎勿伤我种瓜田。

春雨虽好，但雨水太多就会导致麦苗溃烂、百花凋零、粮价上涨，民不聊生："二麦沾泥烂欲死，百花无处不可怜。愁闻斗粟价腾踊，况乃近市争喧阗。"诗歌结尾，诗人向苍天发出"慎勿伤我种瓜田"的请求。关注苍生疾苦，其情殷殷，其心可鉴！

汪道昆不仅自己关注民生疾苦，还对一些能够身体力行关心民生的官

① 纪昀，等.四库全书总目[M].北京：中华书局，2003：1596.

员给予高度评价。歙县县令陈九官就是一个鲜明的例子。陈九官为万历五年进士，曾为歙县县令。歙县地理环境特殊，“歙岩邑也，夫不足亩耜，家不足亩钟，故无广泽洿池。坟则漥，衍则浍，不雨则饥，即力田者难为力”（卷七十《陈令君霖雨碑记》，下同），易旱易涝。万历十年（1582）及万历十一年前半段时间歙县连续下大雨，洪涝灾害严重，民不聊生。祸不单行的是，自万历十一年阴历五月上旬（“鹑首”）后，歙县本地又开始出现干旱天气，旱涝叠加，有可能导致“无雨无苗，无苗无岁，无岁无民”的危险境地。陈九官“闵焉忧之，业已摄韦革，屏干旄，禁屠酤，废笞杖，则告郡守相，有事郊庙而雩。乃诏博士、诸生，誓诸父老，日从郡大夫高公而下，祈于上下神祇”，开始率众祈雨。他的祈雨并不是做做样子，而是发自内心，极端虔诚：“日登坛百拜者三，仰面载阳，擎拳鞠跽，翣不御，盖不张，四顾踟蹰。抑或云油油出远岫，徒跣而从方向，帅官士庶望拜之，群小儿奉土龙先驱，周行若干里，徐拜十步而一，疾拜五步而一，即面熏黑，汗沾衣，不自知其胼胝也。既反则鬻饼饵饷群儿，时而授餐，虽脱粟不饱”，甚至许诺若苍天降雨，自己可以减寿若干年：“令有罪，作神羞。神降罪于不令之躬，吾民无捍 。藉令令免于罪，民当厄无所逃。愿减令未死之年，纾吾民无辜之罪。”以今人眼光考量，祈雨之举也许并不能奏效，也缺乏科学依据，但作为封建时代的官员，能够愿以自己的生命解民于倒悬，实属难能可贵。

三、文韬武略，诗剑风流

汪道昆为人洒脱，性喜饮酒，别号“高阳生”。这一称号来自《史记·郦生陆贾列传》。郦食其自称高阳酒徒，汪道昆意欲效之，故自称之。在《太函集》里，汪道昆多次用到“高阳氏（生）”这一称号，如《送刘使君西巡序》（卷二）、《送苏使君考绩序》（卷二）、《顾圣少诗集序》（卷二十）等。时人也提及汪氏好饮酒：“性嗜饮，又恒燕客，课散篝灯，左手执书，右手执酒杯，且饮且读，至会心处，更大嚼赏之。”[①]晚年乡居后，“先生（汪道昆）雅好客，客益众，酒德故不减，每从客饮，饮辄醉，名山胜水，兴寄亦深。好事者往往载酒招先生游，游或累日不返，乞言之使资用乏，而先生言不以时应，往往群

---

① 龙膺.龙膺集[M].梁颂成，刘梦初，校点.长沙：岳麓书社，2011：203.

聚迎马首诉。先生曲意慰劳之，给其扉履而后去，甚有诟詈不去者”[①]。此举直可与《儒林外史》中杜少卿似也。

汪道昆好戏剧，工于戏剧创作。汪道昆在襄阳知府(1560)任上创作了分别以楚襄王、陈思王曹植为主角的《高唐记》《洛神记》，以大夫范蠡、京兆尹张敞为主角的《五湖记》《京兆记》。前两则献给襄王，后两则则是借范、张的风流韵事咏怀。万历十四年，此时汪已罢官乡居多时，该年七月“司马伯玉先生在焦山延四方僧……共二十四众，建水陆无遮道场。有一词客携旧院妓徐翩翩拜佛。伯玉先生作《慧月天人品》……汪司马作此品，门下士遂录而梓之，送板于徐姬家。时丹阳姜公(宝)在礼书，既爱其文，又惜其人，从徐姬家取榜毁之，更寄书司马促其用世，不可作无益文章。”[②]拜佛门圣地而为妓创作戏剧，汪道昆此举可谓惊世骇俗、有辱斯文，但也反映出其性格中不羁的一面。

文人喜谈兵事，也喜欢“以兵喻文”。对此，有学者指出：“‘以兵喻文’是我国古代文论中值得重视的一种现象。它借助于类比，从用阵、用器、用人等方面引入军事理论与战争经验，以阐述行文之法、习文之道、著文之境，体现兵法与文法的殊途同归，加深了人们对于文艺规律的认识。”[③]进而言之，兵法思想对文学批评的影响主要体现在术语和观念两个层面。[④] 就术语而言，如将“伏兵”“布设疑阵”“突阵法”“置之死地而后生”“欲擒故纵法”“避与犯”等兵法术语转化为文学批评术语，这样做的好处是一方面更为直观形象，易抽象的文学评论术语为具象的兵法术语，避免凌空蹈虚，有利于文学接受者更好地理解文艺批评的本质和精髓，便于接受和传播；另一方面还可以借助与“运筹帷幄之中，决胜千里之外”内容相关的兵法术语以提高文艺批评的品位和规格，改变传统社会视文章为“童子雕虫篆刻，壮夫不为”的刻板印象。就观念而言，“以兵喻文”打破了兵法与文章之间的壁垒，既推动了兵法思想的广泛传播，实现兵法思想的价值增殖，又为文学批评提供了更为丰富的理论资源，为其注入了新鲜的活力，实现了两者之间的融通。关于“以兵喻文”背后的深层心理原因，汪道昆对此有深刻认

---

① 张剑.略谈《汪道昆墓志铭》的价值[J].河南教育学院学报(哲学社会科学版)，2008(1)：63-66.

② 周晖《续金陵琐事・慧月天人品》。

③ 黄鸣奋.论以兵喻文[J].文学遗产，2006(3)：32-41，158.

④ 吴承学.古代兵法与文学批评[J].文学遗产，1998(6)：2-12.

识，他认为，“自古文学之士，往往喜言兵。非习兵也，居常自负其有，人固未尝奇之，于是挟其感愤之气，幸得当事而发一奇焉。若贾生、魏陈思王是已。彼抱竽而舍瑟，越樽俎而治庖人，则怏怏者之为，非始愿也。”（卷二《送陈使君守兰州序》）将文人好言兵事与抒发孤愤结合起来，并以贾谊、曹植为例，实有见地。汪道昆不仅喜谈兵事，而且还积极参加军事活动。他和抗倭名将戚继光一同用兵浙闽、信宿武林、蓟门会阅、会饮千秋里，“诗剑风流”[①]，为文臣武将间能结下生死友谊留下一段佳话，颇有蔺相如、廉颇之风。戚继光去世后，汪道昆作《明故特进光禄大夫少保兼太子太保中军都督府左都督孟诸戚公墓志铭》一文，称其人“当世无两”。对其英年早逝，深感痛心：“何天降殊材也者而中折之！”

《明史·文苑传》这样概括汪道昆的文治武功：“（汪道昆）为曹郎时，与李攀龙、王世贞等以诗文相唱和；出守襄阳，治兵于闽，恢复城邑；两抚三楚，缉叛锄奸、二佐兵枢，阅视蓟辽；辅兵一议，凿凿经国訏漠，且岁省浮费数十万。”这样的业绩在整个封建社会是不多见的。封建社会里，文人要么纸上谈兵，显口舌之利；武将要么粗通文墨，逞匹夫之勇。而将这两者有机结合者，确实不多见。

多年的戎马生涯既丰富了汪道昆的人生阅历，为其文学创作提供了难得的素材；又为汪道昆观察世界、洞察时变提供了思考的平台。《太函集》的点校者之一胡益民先生在“点校前言”中指出：“作为一个曾亲历矢石，既了解将官也了解士兵的人，汪氏对军中诸如将领间相互推诿塞责、文官权重而不知兵、后勤工作的虚应故事、迂而无当以及贪贿成风等情弊十分了解，所提出的具体对策亦多能切中窾要，合情合理，有较高可操作性，至今读来对某些方面仍不乏借鉴价值。这是其同时代‘喜言兵’的纯粹文人同类著作所难以企及的。”而这一点，尤其值得我们在解读汪道昆时予以特别关注。

概而言之，汪道昆以自己的独特经历书写了其“吐辞润金石，治兵捷风雷”亦文亦武的精彩一生。

---

① 朱泽．诗剑之交．记汪道昆、戚继光的友谊片段[J]．安徽史学，1984(5)：32-38．

四、隐不违俗，贞不绝俗

汪道昆前半生驰骋官场、战场，积极用世；后半生隐居山林、禅林，自在出世，充分体现了传统文人“穷则独善身，达则济天下”的“儒道互补”[①]型的人格范式，其隐逸思想值得探究。学界关于汪道昆隐逸思想的研究，目前尚无相关论著问世。我们拟对汪道昆隐逸思想进行解读，以期丰富对汪道昆及《太函集》的研究。

（一）隐逸方式：“宁以贾隐禅，毋以禅隐贾”

时代风潮、地域环境、家庭氛围的濡染，催生了汪道昆“贾隐”思想的形成。出身商贾世家，汪道昆真切体悟到了经商致富的好处：物质上的便利和精神上的自由，因此他认为，与古人的“渔隐”“樵隐”“猎隐”相比，“贾隐”这种生活方式“胡不可哉”，并进而指出“宁以贾隐禅，毋以禅隐贾”（《赠居士叔序》）。汪道昆还以徽商汪伯龄为例，诠释“贾隐”这一生活方式。汪伯龄急公好义、扶危济困、有难必帮、有求必应，“以隐君子终其身”（《处士汪隐翁配袁氏合葬墓志铭》）。汪道昆提出“贾隐”这一理念与“前七子”领袖李梦阳不谋而合。李对徽商汪昂“出游者四十年，无卑行焉；乃今六十，无污名焉”的品行大为激赏，认为他是“隐之市而处乎商者也”[②]，并在《贾隐》一文中进一步肯定“松崖子”（汪昂）的“贾隐”行为：“闻之居动而执静者之谓定，履嚣而用寂者之谓坚，涉迩采遐者之谓明，杂而守一者之谓贞，在群而独立者之谓高，处污而弗玷者之谓洁。”[③]李梦阳何以认同“贾隐”这种生活方式，《贾隐》序以对话的形式十分形象地阐释了这一问题：

> 松崖子游江湖间，老矣，一日买舟，将大归，人疑之曰：“渠贾人也，松崖子乎？”松崖子闻之曰：“谓我贾者贾，谓我松崖子者松崖子。”或以其言告李子，李子曰：是隐而贾者也。于是作贾隐。[④]

---

① 李泽厚在《美的历程》一书第三章“先秦理性精神”中单列一节论述“儒道互补”，认为儒、道二家看似离异而独立，实则相互补充而协调，并指出，“‘儒道互补’是两千多年来中国思想一条基本线索”（李泽厚．美的历程[M]．北京：生活·读书·新知三联书店，2009：51-57．）。

② 李梦阳．李梦阳集校笺[M]．郝润华，校笺．北京：中华书局，2020：1800．

③ 李梦阳．李梦阳集校笺[M]．郝润华，校笺．北京：中华书局，2020：1836．

④ 李梦阳．李梦阳集校笺[M]．郝润华，校笺．北京：中华书局，2020：1835．

针对外界对其身份的质疑（“渠贾人也，松崖子乎”），汪昂认为，不管是“贾人”还是“松崖子”，只不过是一种外在的身份符号：“谓我贾者贾，谓我松崖子者松崖子”，关键是要能够在两种身份间自由切换，亦贾亦隐，亦隐亦贾。不仅徽商汪昂善于“隐之市而处乎商”，还有不少徽商也是“贾隐”的代表。明初新安商人黄仲荣因家庭原因（“无他兄弟”）只得弃儒从贾，“挟赀南走荆湘，北游淮甸”，“得缠十万贯”后，“遂归之，志不再出”，撤旧屋，盖新堂，名其堂曰“大隐”，“辟一轩为燕息之所，凿渠引流，栽花植竹，日与二三老徜徉其间，或论文，或抚琴，旦夕无倦容”。[①]商人章必泰（徽州绩溪人）“性嗜学，喜吟咏，隐于贾，往来吴越间。凡名山胜迹无不游览，兴至辄吟诗以纪其事”[②]。

明万历年间，在家乡经营小本生意的徽商许文林，“市隐人也……生平孝友，儒雅喜吟，数以佳辰结客觞咏竟日夕，其志不在贾也”。[③] 无论是黄仲荣，还是章必泰、许文林，虽为商贾，但并不以追逐财富为人生唯一目的，他们在营商之余，还选择适合自己的生活方式来吟咏心情，荡涤心志。

此外，帝王对“贾隐”这一生活方式也起到了推波助澜的作用，明天启年间，南京应天府通判汪起英之父汪应亨（徽州休宁人）因“大隐隐市，良贾贾仁，雅有儒风”[④]而受到皇帝旌表。上述徽商与其说是“贾隐”，不如说是“贾而好儒”“贾道儒行”。徽州独特的地理环境及生存现状（人稠地狭，一方水土养活不了一方人，被迫外出谋生）造就了徽商。身为徽人，汪道昆对此深有感触：“夫贾为厚利，儒为名高。夫人毕事儒不效，则弛儒而张贾。既则身飨其利矣，及为子孙计，宁弛贾而张儒。一弛一张，迭相为用。”（《海阳处士金仲翁配戴氏合葬墓志铭》）在汪道昆看来，不管是业贾还是从儒，要看当时的具体环境（特别是家庭经济条件是否许可等），“一弛一张，迭相为用”，不能偏执于一端。徽商程锁年轻时其父“客死淮海”，程锁本人身体又十分虚弱，“病且无以为家”，面对这一困境，其母要求他弃儒从商，“第糊口四方，毋系一经为也”，后程锁靠辛勤经营，终成一代富商。程锁面对家庭变故，听从其母劝告，弃儒从商，有经有权，十分通达。除“贾隐”外，还有

① 张海鹏，王廷元．明清徽商资料选编[M]．合肥：黄山书社，1985：439.

② 张海鹏，王廷元．明清徽商资料选编[M]．合肥：黄山书社，1985：310.

③ 许国．许文穆公集[M]//四库禁毁书丛刊集部：第 40 册，北京：北京出版社，1997：384.

④ 张海鹏，王廷元．明清徽商资料选编[M]．合肥：黄山书社，1985：391.

一种“贾隐”的变化形式“农隐”。明末清初歙人张翰，少随祖父游历虎林，“独喜习博士业，刻励下帷，淹贯经史，兼工古文辞及晋唐名人书法，为士林所推重”，壮岁“弃帖括事，四方壮游”，后弃举业，“移居濑水，修故业而息之，赀日以饶，如是者十余年”，拒绝荐举，“绝意进取，不愿为五斗米折腰，自号‘农隐’”[①]。

当然，无论是“贾隐”还是“农隐”，其前提是必须拥有较为富足的物质条件。唯其如此，方能不受制于谋生之累，徜徉山水，悠游自得。此外，由于受妻族、母族中不少人行医影响，汪道昆还肯定“医隐”的生活方式（“江山人民莹托于医以隐，义甚高”），将张仲景比作为“医门之孟子”（《寿吴氏叔五十序》），以医门比作儒门，提高了医者的地位。由此观之，隐不过是一种生活方式，不局限于某一职业，只要有隐逸之念，人人皆可隐，处处皆可隐，行行皆可隐。

（二）隐逸观：“隐不违俗，贞不绝俗”

自白居易首倡“中隐”，并将其与“大隐”“小隐”对举以来，后世文人受其影响较深。他认为大隐“太嚣喧”，小隐“太冷落”，不妨选择“似出复似处，非忙亦非闲”的“中隐”，因为选择这样的处世方式可以“不劳心与力，又免饥与寒”。[②] 虽然白氏未曾在诗文中提及“吏隐”一词，但“他在长期的贬谪生活中已用诗为自己描绘了一幅吏隐的自画像，他的双重人格和生活作风更以‘独善兼善两能全’而成为心态史上的一个范型，因此后世仍将他视为吏隐的代表”[③]。

汪道昆一方面继承了白居易“中隐”的思想，另一方面又有所创新发展。虽然他没有在作品中直接提到“中隐”，但多次提及“吏隐”。汪道昆既感慨于自己的“玩世吾兼吏隐名”（《寄怀四首》其三）的屏居乡里生活，又艳羡于梅鼎祚的“中年吏隐伴沧洲，高枕归来卧黑头”（《寄题梅使君天逸阁》）的悠闲隐居生活。具体而言，汪道昆通过组织诗社、友朋酬唱、共论诗文等方式来度过漫漫隐居生活。屏居乡里近二十年，汪道昆组织并参与了“肇林社”“丰干社”“白榆社”“南屏社”“颍上社”等文学社团，奖掖文学新人，推

---

① 张海鹏，王廷元. 明清徽商资料选编[M]. 合肥：黄山书社，1985：103.

② 白居易. 白居易集[M]. 顾学颉，校点. 北京：中华书局，1979：390.

③ 蒋寅. 古典诗歌中的“吏隐”[J]. 苏州大学学报，2004(2)：51-58.

动新安诗群[1]在晚明文学乃至整个明代文学中都有一席之地。在这些文学社团中，白榆社影响最大。该社最初参与者有汪道昆、龙膺、郭第、汪道贯、汪道会、潘之恒等人，后又有李维桢、胡应麟、屠隆、沈明臣、朱多烇、章嘉祯、佘翔、丁应泰、陈汝璧、周天球、徐桂、俞安期、吕胤昌、吴稼竳、张一桂等人加入[2]，他们中既有宗族乡贤，也有达官显宦，还有山人骚客，可谓彬彬玉盛，人才济济。就创新发展而言，汪道昆认为，无论是"山林之隐"还是"朝市之隐"，不必"左山林而右朝市"，而是贵在"适"，只要"适"，则为"善隐"（《封右通政京兆李公七十序》）。从这一点来看，与他本人所坚持的"隐不违俗，贞不绝俗"（《明故处士黄飞卿墓表》）价值理念是一致的。所谓"隐不违俗，贞不绝俗"，指的是不能为隐逸而隐逸，隐逸本身是一种怡情养性、安顿生命的生活方式，而不是远离红尘、与世隔绝的艰苦修炼，更不是自我标榜、欺世盗名的金字招牌。类似的表述还有"大隐何须远市嚣"（《寄蒋婚氏振民时居建业》）、"大隐不离群"（《东雅小隐》）等，充分反映了汪道昆不执着于"隐"之大小，而重视"隐"的个体体验的通达、务实的特点。在写给戚继光的尺牍文中，他以诗意的语言描述了致仕后"时而偃卧，时而漫游"的乡居生活，自豪地说"迄今始识山林乐地耳"，并评价这种生活方式"庶几乎真隐也"（《戚长公》）。在此理念影响下，汪道昆对一些称之为"隐君子"的人物大为称赏，如仰慕张仲设"景张"堂、"善事继母"、孝友乡里的方有容（《北山方长公六十寿序》）、"里居而云卧，人貌而天行"的黄公（《蒲江黄公七十序》）以及上文提及的"以隐君子终其身"的汪伯龄（《处士汪隐翁配袁氏合葬墓志铭》）等。"隐君子"一词，最早出自司马迁《史记·老子韩非列传》"老子，隐君子也"。[3] "隐君子"者，隐士中的贤者也。老子为道家学说创始人，其一生不仅较长时间处于归隐状态，而且其代表作《道德经》中也蕴含着大量隐逸思想。老子离职去周后，大概先回到故国陈国，然后开始"隐君子"的生活。[4] 之所以选择隐逸生活，老子认为"君子得其时则驾，不

---

① 李圣华将以汪道昆为核心的新安诗人群体称之为"新安诗群"。他在专著《晚明诗歌研究》之第二章"后七子派后期诗歌运动"中单列一节介绍"汪道昆与新安诗群"。"新安诗群"以汪道昆为核心，主要成员有王寅、江瓘、汪道会、汪道贯、汪淮、吴守淮、潘之恒、谢陛等人（李圣华．晚明诗歌研究[M]．北京：人民文学出版社，2002：51-57.）

② 耿传友．汪道昆与明代隆庆、万历间的诗坛[J]．中国文化研究，2006(4)：100-109.

③ 司马迁．史记[M]．北京：中华书局，1959：2142.

④ 陈鼓应，白奚．老子评传[M]．南京：南京大学出版社，2001：10-11.

得其时则蓬累而行”。[1] 如果生不逢时难以建功立业，不妨顺应自然隐居身退。汪道昆对其思想极为认同，既以其自身经历（虽含有不得已因素，被迫隐居）践行这一理念，又以深情的笔墨赞颂他笔下的“隐君子”周有道：

有道于是乎归隐，卜居桃溪。则以母萧春秋高，第白首子舍，乃筑善养堂以侍晨夕，躬帅杨恭人奉母欢。筑求志堂于西山，聚徒讲业。跬步不出户外，竿牍不入公门。考直方处士故祠事大宗有道，增葺之，准家礼，行宗法，置田以赡，聚食佐粢盛。尝与所善者姚世郁偕行，姚及僮仆皆疫，有道义不避难，生死相依。死则殡之，归其椋。洪直指垣按粤，从文简游，有道出入与俱，相悦滋甚。伯子光阳应乡试，有道坚自闭不与通，毕试失光阳，直指谢不敏。有道自谓“非祁奚子，终不以舐犊故干使者权”。岁壬寅，有道艾矣。寝疾且革，闻邻有哭声，力疾援笔为诗，待期而尽。其诗曰：“日月有晦望，草木有冬春。荣枯理则然，死以反吾真。蜉蝣有旦暮，吾年已五旬。但念生理顺，勿恶死为邻。”即革，摄衣冠，出正寝，拜母永诀：“母幸无恙，儿从此辞。”顾命恭人：“妇在犹子在也。”悉出楎椸箧笥，分给所亲。乃屏妇人，得正而毙。三子奉治命得兆西山，光阳奔文 简乞铭，其质行可概见。所部采郡县博士诸生、党正、里胥议，奉有道入祀。瞽宗人言：“有道通穷达，一死生，隐则真隐，儒则真儒。根极于心，无庸言貌为也。”（《隐君子周有道传》）

无论是筑善养堂侍奉老母，以承母欢，还是聚徒讲业，行习家礼；无论是急公好义，为友“义不避难”，还是直面死亡，从容赴死，无不展现了周有道“通穷达，一死生”的“隐君子”风采。特别是周有道临终前以诗明志，自抒心迹：日月有晦望之变，草木有荣枯之换，死生亦是如此，要顺应天理，不必乐生恶死。简而言之，周有道以自己的所言所行践行了“真隐”的人生价值理念。

（三）隐逸源头：“其中有真人，无乃蒙庄子”

探索汪道昆的隐逸思想源头，庄子是一个绕不过去的存在。庄子所处的战国时代，充满着尔虞我诈、贪婪横暴、剥削压榨，面对这一情境，庄子一方面主张出世“游心”，另一方面又主张与世周旋“游世”，倡导一种“出世隐

① 司马迁.史记[M].北京：中华书局，1959：2140.

逸人格"[1]。在《缮性》一文中，庄子鲜明地提出了他自己的隐逸观：

隐，故不自隐。古之所谓隐士者，非伏身而弗见也，非闭其言而不出也，非藏其知而不发也，时命大谬也。当时命而大行乎天下，则反一无迹；不当时命而大穷乎天下，则深根宁极而待；此存身之道也。[2]

庄子心目中的"隐士"，并非藏匿形体不见人、闭塞言论不发表、隐藏智慧不显露，而是相"时命"而动。逢"时命"则"大行乎天下"，不逢"时命"则"大穷乎天下"。概而言之，庄子的隐逸观体现出一种随世俯仰、与时偕行的通达思想。庄子的隐逸思想代有传承，绵延不绝，对后世影响有"得"有"失"。其"得"者在于有利于平和个人心态、促进社会安定、养成独立人格、推动艺术创作；其"失"在于一味追求独善其身而置天下安危于不顾、以此作为追名逐利的"终南捷径""隐于朝"的人生选择对国家危害很大。[3]

回到汪道昆生活的时代，"到了嘉靖末，直至万历、天启、崇祯时期，明代庄子学呈现出了全面持久的繁荣景象"[4]，主要表现在以下几个方面：一是著作种类繁多，据不完全统计，此一时期庄子学著作超过 110 种；二是名家层出，如张居正、张四维、王世贞、陶望龄、唐顺之、徐渭、陈继儒、李贽、钟惺、归有光等，形成了继北宋庄子学这一高峰之后的又一高峰。受此时代环境濡染，汪道昆对庄子思想充分吸收，对其隐逸思想的吸纳既有外在的一面，又有内在的一面。就外在而言，在汪道昆的诗文中，多次运用庄子的语典，大致可分为两类。一种是直接引用，如"大瓠""土苴"等；另一种是间接引用，如"名为实宾，而仁者汲汲"(《歙县题名碑记》)句就化用了庄子的语句"名者，实之宾也，吾将为宾乎"(《逍遥游》)。就内在而言，汪道昆吸收了庄子的"环中"思想，提出了"环中隐"思想。在《聂少翁传》一文中借聂少翁之口提出了"古之大隐居朝，吾其为环中隐"。"环中"一词，在《庄子》一书中有两次提及：

彼亦一是非，此亦一是非。果且有彼是乎哉？果且无彼是乎哉？彼是莫得其偶，谓之道枢。枢始得其环中，以应无穷。(《庄子·齐物

---

① 刘红红，张玉春．从"逍遥游"到"人境庐"：论庄子思想与传统士人出世隐逸人格在魏晋时代的确立[J]．孔子研究，2010(4)：93-101．

② 陈鼓应．庄子今注今译[M]．北京：中华书局，2009：435．

③ 张志宏．《庄子》"隐逸"观于中国文化之影响[J]．求索，2010(12)：128-130．

④ 方勇．庄子学史：第三册[M]．北京：人民出版社，2009：11．

论》)[①]

冉相氏得其环中以随成,与物无终无始,无几无时。日与物化者,一不化者也,阖尝舍之。(《庄子·则阳》)[②]

在庄子看来,事物无“彼”“此”之分,“此”就是“彼”,“彼”就是“此”。不要以对待的眼光看待“彼”“此”,只要合乎“道枢”即可。合乎“道枢”就像得入“环中”,以顺应无穷的变化。同样,庄子还以古之圣王冉相氏为例,阐述其“得其环中”“日与物化”的处世哲学。汪道昆以诗化的语言记载了一次游太和山的“若从蒙庄子游”的历程:

戊午冬,余以二千石至,从所部修祀典,三宿太和。天鸡鸣,辄登绝岭观日出,下视无际,一熠若烛龙之跃九渊。顷之,天门开,始辨色,山积雪如群玉,观益奇。乘兴过妙华岩,就辟谷者与语,独归斋室,从者莫知所之。比下南岩,循步榈望天柱,皑皑乎五城万雉,夫非白玉京邪!俯阚五龙,冰雪塞路,不果往。过紫霄,履雪出禹迹亭上,若从蒙庄子游,遍历福地,亭台奄忽。昏暮,月几望,对展旗风如云母屏。归卧神楼,屏明烛,户牖生白,视悬宇若冰壶。蚤起,登太子岩,过岩栖者,相揖出亭下。下紫霄,行者摩肩,入山如入市。一径东,步涧径玉虚岩,涧道阴阴,人迹几绝,避喧而见独,不亦仙仙乎哉!(《太和山记二》)

《太和山记二》系《太和山记》的续篇,作于嘉靖三十七年(1558),汪道昆时年34岁,任襄阳巡抚。汪道昆一共在襄阳任职四年,一直到嘉靖四十年(1561)离任,升福建按察副使备兵福宁。在此期间,创作了《大雅堂杂剧》,写作诗文若干,并与“东圃主人”镇国将军朱祐柯[③]诗酒唱和,结下了深厚的友谊。在这篇文章里,汪道昆观日出、赏积雪、与游人共乐,其乐融融,无限欢欣,既在“摩肩”处感受了“入山如入市”般的众乐,又在“人迹几绝”处体悟了“仙仙乎哉”般的独乐。

(四) 隐逸书写:“无限寒潮通渤海,有时孤鹤到沧洲”

作为一种生活方式,“吏隐”虽然看上去很美、很有诗意,但这种自足的

---

① 陈鼓应.庄子今注今译[M].北京:中华书局,2009:62.

② 陈鼓应.庄子今注今译[M].北京:中华书局,2009:718.

③ 学界对“东圃主人”具体身份观点不一,有汪道昆说、朱厚柯说等。此处依刘彭冰、徐志林观点(刘彭冰,徐志林.《大雅堂序》考论[J].文学遗产,2008(1):73-80.)

生活态度和生活方式，最终“要由诗文来发明，来印证，来呈现。”[①]汪道昆一生宦海浮沉，早在嘉靖三十九年(1560)，他就借助剧作来抒写隐逸情怀：“〔侥侥令〕年华凭落木，生事任孤舟，试看水鸟双双原有偶，一任取，草萋萋，江上愁。〔园林好〕倒金尊，川霞未收，吹玉笛，湖风已秋，正是莼鲈时候，搴宿莽，向芳洲。”[②]一叶扁舟，隐居江湖，水鸟双飞，芳草萋萋，霞光万道，玉笛横吹，莼鲈鲜美，江湖正好。最能体现汪道昆隐逸情怀的是频繁出现的“沧洲”意象。据不完全统计，在《太函集》中共有15处之多，如“无限寒潮通渤海，有时孤鹤到沧洲”(《题唐生园松树》)、“频年吏迹远沧洲，此日真成汗漫游”(《观海亭》)、“即使征车下，沧洲未可求”(《钓璜矶》)等。这些“沧洲”意象承继了谢朓“既怀欢禄情，复协沧洲趣”(《之宣城郡出新林浦向板桥》)等诗歌所体现的隐逸色彩，抒隐逸之怀，写隐逸之趣。在《太函集》中还有一个值得关注的“衡门”意象，该意象在《太函集》中共出现11次，仅次于“沧洲”意象，分别是“大宾学诗者也，请称诗陈之衡门，隐者之所为作也”(《耆园征会记》)、“乃今五亩侈于衡门，璋溪可以当泌”(《耆园征会记》)、“衡门空谷里”(《喜詹山人至》)、“衡门应系马，五柳近如何”(《赠国子先生欧桢伯五言六首》)、“衡门五柳近如何”(《送龙长君应诏郢都十二首》)、“残年短褐卧穷庐，落日衡门驻小车”(《仲鱼至》)、“倚杖衡门僻，纡车负郭骈”(《寿陈丈人八十韵》)、“负郭衡门事事宜，比邻精舍更多奇”(《饮何监察池亭近西 塔寺时方君敬顾季狂在坐》)、“衡门黄发切云冠，依旧红颜握手看”(《海阳过陈丈人小饮》)、“只应隐几怀今古，一任衡门断往还”(《市中过汪惟一》)、“正喜衡门阑气色，即看章甫上头颀”(《馆甥程茂才籍郡博士弟子》)。“衡门”这一意象典出《诗经・陈・衡门》，其诗主旨历来众说纷纭[③]，此处我们采用朱熹等人的观点，认为是阐述“隐者自乐而无求者之词”[④]。结合上述所引的汪道昆诗文中的“衡门”意象，可以看出有以下特点：

---

① 蒋寅.古典诗歌中的“吏隐”[J].苏州大学学报，2004(2)：51-58.

② 沈泰.盛明杂剧：初编上[M].北京：中国书店，2012：33-34.

③ 鹿苗苗、谢德胜全面梳理了《诗经・陈・衡门》一诗问世以来研究者对其主旨的解读，一共有6种，包括“诱掖僖公说”“贤者自乐无求之说”“国无寄所说”“男女悦慕之辞说”“没落贵族以安于贫贱自慰之辞说”“没落贵族不安贫困之呼唤说”(鹿苗苗，谢德胜.《诗・衡门》“衡门”意象及其文化内涵探析[J].文艺评论，2012(8)：31-35.)。

④ 朱熹.诗集传[M].北京：中华书局，1958：81.

其一，在《耆园征会记》一文中，汪道昆借他人之口指出《衡门》一诗的主旨是“隐者之所为作也”，此点与朱熹等人观点一致。同时还用称赞的口吻称赏耆园会的成员之一方弘静的行为，他不像世俗之人那样痴恋造园追求奢侈，“穷薮泽以备游观”，而是“直临川一亭，环堵一室耳”，并在园内“时而玩易，时而诵诗”，不慕虚荣，恬淡自适。此举亦可与方弘静六十寿辰时喜清静拒他人贺寿，只愿与汪道昆、程金、江珍等友人饮酒赋诗相对读。

其二，汪道昆将“衡门”与“五柳”对举，反映了汪道昆对“古今隐逸诗人之宗”陶渊明其人其文的倾慕和认同。除“五柳”外，还可以看到“彭泽”“陶令”等意象也大量散见在《太函集》中：“维舟为报陶彭泽，指日蒲轮到薜萝”（《送龙长君应诏郢都十二首》）、“只今彭泽里，不数颍川侯”（《得思善书知得谢且至志喜》其三）、“无数菊开彭泽里，有时松起广陵涛”（《九日同诸弟登高》）、“篱开陶令新移菊，柱挂王祥旧佩刀”（《秋日同殷尚书程侍中方中丞方京兆程观察二程太守寿潘太公》）、“兰亭旧没越王台，莲社新宽陶令杯”（《丙戌仲秋二十五日同诸君子集净慈寺西阁时卓征父光禄帐具征名姬佐酒者十二人即席分体赋诗余为首倡》其二）、“秦封宁足就，陶令且相依”（《抚松亭》）等。赏菊、饮酒、品茗、观景，一系列带有陶渊明印记的生活方式在汪道昆的日常生活中得以再现。汪道昆心仪陶渊明、追慕陶渊明，希望像他一样自得其乐，悠游终老。

其三，汪道昆不因屏居乡里而深感不适，而是善于在家乡的风物中寻找到属于自己的快乐。换而言之，徽州优美的自然景物（汪道昆有不少写黄山、齐云山的诗文）足可以帮助汪道昆排解报国无门、怀才不遇的悲愤，故里深厚的人情往还（徽州的礼仪、朋友间的诗酒唱和等）也可以抚慰汪道昆前半段人生的漂泊之苦。在《太函集》中，还有“鸱夷”等意象。虽然汪道昆算不上像范蠡一样功成身退，纵情大好山水，但他对范蠡也是心心念之多次在诗文中提及，如“扁舟竟日系菰蒲，云是鸱夷事五湖”（《观舫》）、“老去鸱夷兴不穷，何来地主大江东”（《十六夜喻相君宴集孤山俞园得东字》）等。

汪道昆“隐不违俗，贞不绝俗”的隐逸思想既承继了历代隐士的一般特征，又凸显了明代中后期时代思潮的特点，有因有革，具有一定的意义和价值。从历时角度来看，自许由、巢父以来，中国隐士代有其人，名称不一，有隐士、高士、处士、逸人、幽人、高人、处人、逸民、遗民、隐者、隐君子等。[①]隐士的类型也有很多种，可按隐士的生活形态对其进行划分：从政治生活方面，可分为真实的隐士和虚假的隐士；从经济生活方面，可分为在业的隐士和无业的隐士；从社会生活方面，可分为 孤僻的隐士和交游的隐士；从精神生活方面，可分为养性的隐士和求知的隐士。[②] 对照上述标准，汪道昆无疑是真实的（第二次罢官后彻底归隐田园）、在业的（依赖徽商家庭的物质条件）、交游的（乡居期间组织文学活动，广交文人）、养性的（悠游生活）隐士。从共时角度来看，汪道昆所处的明代中后期，特别是嘉靖前后，影响士人心态变化的一大重要因素是“商业的繁荣与随之而来的城市生活环境、市民生活习惯、生活趣味”。[③] 商业的繁荣，推动士人生活世俗化，引导士人“徘徊于入仕与世俗之间”[④]，体现出重真情、重个性、世俗化的时代特点。士人不再将入仕途作为人生唯一选择，可以选择卖诗文书画为生等多样化的生计方式，代表人物如沈周、文徵明、唐寅等。受此风潮影响，汪道昆归隐后逍遥于灵山秀水、忘怀于佛影禅心、结社于诗朋文友，在世俗人生中活出真我。概而言之，汪道昆以“隐不违俗，贞不绝俗”的隐逸思想在中国文人隐逸史上占有一席之地，同时又以自己丰富的隐逸生活践行了这一思想，为中国文人的隐逸生活提供了一种选择可能。

---

① 蒋星煜.中国隐士与中国文化[M].上海：上海人民出版社，2009：18.

② 蒋星煜.中国隐士与中国文化[M].上海：上海人民出版社，2009：28.

③ 罗宗强.明代后期士人心态[M].北京：中华书局，2019：168.

④ 罗宗强在《明代后期士人心态》一书第三章论述“徘徊于入仕与世俗之间的士人”，该章从社会生活风尚之变化、士人生活出路之多样化、徘徊于入仕与世俗之间（以文徵明、唐寅、祝允明等为例）等层面对此进行了详细解读（罗宗强.明代后期士人心态[M].中华书局，2019：168-234.）

第二章　汪道昆的诗学思想

汪道昆尽管被王世贞视为“后五子”，汪道昆本人又被时人称为与世贞并驾齐驱的“两司马”，但汪道昆的诗学思想总被后人有意无意地忽略。[①]

需要肯定的是，近年来，已有学者对汪道昆的诗学思想给予一定的重视，郑利华在专著《明代诗学思想史》中单列一章“汪道昆、李维桢的诗论导向”专门论述汪道昆和李维桢的诗学思想，该章一共四节，第一节单论汪道昆，后三节专论李维桢。郑利华认为：“如果将汪道昆纳入与七子派尤其是同时代李、王诸子的比较视域，那么可以说，趋同与存异是他和诸子之间在诗学观念形态上呈现的基本特征；他的诗论在认可诸子复古理念的同时，也表现出某种独立门户、另辟蹊径的理论指向。”[②]

本章将在前贤时哲已有研究的基础上对此作进一步的探讨。汪道昆诗学思想较为零乱地散布在《太函集》中，举其要者大致有“后之视今，亦今之视古”“师古即师心也”“文由心生”“上不在台阁，下不在山林”四个方面。

---

① 如较有代表性的《20世纪中国文学研究·明代文学研究》一书中所论述的明代诗文部分，就没有关于汪道昆诗论的内容（邓绍基，史铁良.20世纪中国文学研究·明代文学研究[M].北京：北京出版社，2001.）。杨瑾、李圣华等的论著对汪道昆的诗论有所论述.（杨瑾.汪道昆六论[D].芜湖：安徽师范大学，2004；李圣华.晚明诗歌研究[D].苏州：苏州大学，2001.）。

② 郑利华.明代诗学思想史[M].上海：上海古籍出版社，2022：516.

第一节 “后之视今，亦今之视古”

汪道昆经历宦海沉浮，中年以后才着意写诗。在文坛复古思潮的笼罩下，一方面他认同李攀龙、何景明等人高举复古大旗的接引之功。

初，献吉崛起北地，倡江东、历下二三君子，讲业京师。先生至，大悦之，相与道古。遂骈肩而进，先二三君子鸣。其论世则周秦汉魏、黄初开元，其人则左史、屈宋、曹刘、阮陆、李杜。都人上所脍炙者，宜莫如彭泽、宣城、昌黎。先生宣言：“古文之法亡于韩，诗弱于陶，亡于谢”，睥睨千古，直与左史、屈宋、曹刘、阮陆、李杜游。世儒率溺旧闻，弗入也，及得两家所论著者，胠箧而拟议之于周秦汉魏、黄初开元之间，始相顾曰：“谁谓何、李不驯古之人也！”于是闻者响应，莫不倾耳听之，两家递为桓文，执旗鼓号天下矣。献吉兢兢尺寸，非规矩不由；先生志在运斤斫轮，务底于化。于时主典则者张献吉，主神解者附先生。要诸至言，各有所当。顾其相直若绳墨，而相济若和羹。即言逆耳，而莫逆于心耳，视者弗察也。今两家并悬书海内，不啻户说之。浸假得终其天年，先生化矣。（卷六十七《明故提督学校陕西按察司副使信阳何先生墓碑》）

汪道昆将李攀龙与何景明进行比较，既道出了李攀龙“兢兢尺寸，非规矩不由”的一面，也点出了何景明“运斤斫轮，务底于化”的特点。前者侧重“典则”，后者突出“神解”。重视“典则”意味着要善于吸收前代优秀成果，不如此，则入门不正；突出“神解”则强调“以我为主”，不因循守旧，善于运用变化。关于这一点，前代优秀作家有现成的案例可证。如宋代诗人面对唐诗这座丰碑，就采取了吸收前人成果和自我积极创新相结合的方式。

仰望唐诗，犹如一座巨大的山峰，宋代诗人可以从中发现无穷的宝藏，作为学习的典范。但这座山峰同时也给宋人造成了沉重的心理压力，他们必须另辟蹊径，才能走出唐诗的阴影。宋人对唐诗的最初态度，是学习和模仿。从宋初到北宋中叶，人们先后选择白居易、贾岛、李商隐、韩愈、李白、杜甫作为典范，反映出对唐诗的崇拜心理。待到宋人树立起开创一代新诗风的信心之后,他们就试图摆脱唐诗的藩篱。然而极盛之后,难以为继。宋诗的创新具有很大的难度。以题材为例,唐诗表现社会生活几乎达到了巨细无遗的程度,这样宋人就很难发现未经开发的新领域。他们所能做的,是在唐人开采过的矿井里继续向深处挖掘。宋诗在题材方面较成功的开拓,便是向日常生活倾斜。琐事细物,都成了宋人笔下的诗料。比如苏轼曾咏水车、秧马等农具,黄庭坚多咏茶之诗。有些生活内容唐人也已写过,但宋诗的选材角度趋向世俗化,比如宋人的送别诗多写私人的交情和自身的感受,宋人的山水诗则多咏游人熙攘的金山、西湖。所以宋诗所展示的抒情主人公形象,更多的是普通人,而不再是盖世英雄或绝俗高士。这种特征使宋诗具有平易近人的优点,但缺乏唐诗那种源于浪漫精神的奇情壮采。①

另一方面他亦能提出一些新见。他反对厚古薄今:“神运心则不御,心存神则无方。广运则可诗书,可经史,可竹帛金石,可炉锤。默存则可神可圣,可工可巧,不窥牖而见万古,矧兹高明居邪。虽然,古亦今也。后之视今,亦今之视古。百王异世,其孰不波。由今以前,前亦万古也。由今以后,后一万古也……顾刀不贤于笔,简不贤于笺,如必尊古而卑今,则柴氏之陶不为荐,李氏之墨不为章,日本之雕几不为工,朝鲜之赫蹄不为瑟,燕山之禾不为粒,虎丘之茗不为烹。要以酌诸时宜,如之何其可废也!”(卷七十六《万古楼记》)古亦今,今亦古,站在历时的角度,运用流动的视角来看待古今问题,方能跳出执古、今一义之囿评诗衡文。

面对当时文坛复古之风盛行,创作主体创作时缺乏真情实感,滥用套语,汪道昆借传主方太古(元素)之口对这种现状提出批评:“世之丧道者二,其一俗学,其一俗儒。大音既希,徒呻占毕以比里耳,则俗学也;雅道不作,徒藉濂、洛、关、闽为口实,以传同声,则俗儒也。夫文以载道,道不虚行。《太易》以还,无若《檀弓》《左》《谷》《庄》《列》、司马,是皆奋乎百代之上,文在兹乎?世之喁喁者,不濂、洛、关、闽,则韩愈、柳宗元、欧阳修、苏轼、曾巩、王安石。譬之虺也,虽一再蜕,犹故虺尔,蜕而龙者无万一焉;譬之乳子,母绝而乳存,即张口号嗄而就饮之。”(卷三十二《处士方太古传》)

① 袁行霈.中国文学史:第三卷[M].2版.北京:高等教育出版社,2005:13.

汪道昆将前代的经典作家作为取资的对象，既吸取前代的创作经验，又在此基础上有所创新变化。如果一味守旧，那么就像“虺”一样，纵然万般变化，终究还是“虺”，成不了腾云驾雾的“龙”；反之，如果注重传承创新，那么就有可能像离开母体的胎儿，吸收母体的营养，胎儿能够独立成长，具有自主意识和行为：“张口号嗄而就饮之。”汪道昆以“虺”和“乳子”两个形象的比喻，从正反两个方面论述了是否传承创新可能带来的不同效果。

这一点与王世贞的观点相似，王世贞甚至将一味模拟的人称之为“盗魁”：“今天下人握夜光，途遵上乘，然不免邯郸之步，无复合浦之还，则以深造之力微，自得之趣寡。诗云：‘有物有则。’又曰：‘无声无臭。’昔人有步趋华相国者，以为形迹之外学之，去之弥远。又人学书，日临《兰亭》一帖，有规之者云：‘此从门而入，必不成书道。’然则情景妙合，风格自上，不为古役，不堕蹊径者，最也。随质成分，随分成诣，门户既立，声实可观者，次也。或名为闰继，实则盗魁，外堪皮相，中乃肤立，以此言家，久必败矣。”[①]不管是“古亦今也”还是“不为古役”均表现汪、王二人试图突破复古格局的束缚而对其理论进行修正所作出的努力。

第二节　“师古即师心也”

七子对师古与师心之间的关系很关注，汪道昆也不例外，但有自己的新见。一方面他肯定师古的重要性，不否定对传统经典的学习：“夫为文不则古昔，犹之御者不范驰驱，即获禽多，君子所鄙，无法效也。然而游言多和，法言寡和。虽王良善遇，不能不改节于贱工。信而好古，是为难耳。”（卷九十五《与孙太史》）另一方面，他又不废师心，将师心与师古放到同等重要的程度。在《却本论》（卷八十四）一文中，汪道昆借主客之言曰：

客曰：“余观论著之士，亦师心为能耳。而君侯雅言师古，则庖牺何师邪？”主人曰：“否否。庖牺氏不师，此圣者事也，岂为书契哉。宫室衣裳，耒耜舟楫之利，皆古圣人创法，而百世师焉。后圣有作，不能

① 许建平，郑利华. 王世贞全集 · 弇州山人四部稿[M]. 上海：上海古籍出版社，2021：3618-3619.

易矣。语曰:'作者之谓圣,述者之谓明。'孔子让圣而不居,亦惟无用作也。藉令挟喜事之智,而干作者之权,去宫室,屏衣裳,舍耒耜舟楫,其能利用者几何?使不师古而以奥为户,以履为冠,揉木为舟,剡木为耒,其不利也必矣。故论说必先称王,制器必从轨物。古人先得我心,师古即师心也。倍古而从心,轨物爽矣,恶足术哉!"

汪道昆此论实有感而发,因时人"(乃今则)以师古为陈言而不屑也,即《左》《史》且羞称之;以师心为臆说而不经也,庭庑之下,距而不内"(卷二十六《尚友堂文集序》)。汪道昆能超越师古、师心概念的各执一端,将两者统一,认为"师古即师心也"。

关于"师古即师心也"的诗学主张,最为集中地体现在上文提及的汪道昆为龚勉《尚友堂文集》所作的序中。有论者指出:"这是一篇相当重要的文字,之所以说它重要,是因为《尚友堂文集序》并不是普通的应酬之作,而是有感而发,带有商榷及争论性质的文章,很大程度上反映了汪道昆晚年的文学观。尊经阁文库所藏《尚友堂文集》卷首有四篇序言,汪道昆的序文排在首位,其次分别是题署'万历辛卯岁良月初朔寅弟温陵陈用宾道亨谨撰'《尚友堂集序》、'万历辛卯岁仲秋既望友弟泰和郭子章相奎甫谨撰'《尚友堂文集序》以及唐伯元《龚刺史文集序》。"[1]汪道昆在序文中指出:

粤君子娴于文学,能而示之不能。其言曰:"自弘正嘉隆,言文者争治左国史汉,余少闻之喜,乃今知其不然。以是为古且新,吾宁不古不新也。"读使君集,盖深有契于余所云。由斯以弹,不佞即主,即元美伯矣,亦且株连。夫文始于虞夏殷周,降而先秦两汉,滥觞于魏,浸淫于六朝。唐初以骈俪求工,韩柳更始,至宋欧曾代起,诸儒则以吾道鸣。至东越而主良知,悉屏口耳。文之变,至是乎穷矣,即后有作者,不师古则师心,宁讵能求古于科斗之前,求新于寄象译鞮[2]之外。故能敝不新成,玄圣所慕;日新盛德,素王盖备言之。

要之,未始有新也者,则古者不耐不新。既始有新也者,则新者不耐不古。莫非古也,则亦莫非新也。乃今则以师古为陈言而不屑也,即左史且羞称之,以师心为臆说而不经也。庭庑之下,距而不内,楚失

① 刘彭冰.汪道昆文学研究[D].上海:复旦大学,2008.

② 寄象译鞮,亦作"象寄译鞮",典出《礼记·王制》:"五方之民,言语不通,嗜欲不同。达其志,通其欲,东方曰寄,南方曰象,西方曰狄鞮,北方曰译。"后称翻译为"象寄译鞮"。

而齐未为得，将安得亡是公邪！余睹使君所为文，受命六籍，而参谋于诸儒，辞各指其所之，犹之部伍，时而秦汉，时而韩柳欧曾。古者斥雷同，新者去雕几。其称先王，则古昔，大都积和顺而发英华。以是命不佞为前驱，可幸无罪。如必曰与其为今人古且新也，宁不古不新。不佞未免为今人，将甚惭于粤君子。使君尚友者何也，愿陈无当之言质之。

细读上面所引两段文字，需要关注的地方有以下几点：

其一，汪道昆对“粤君子”（唐伯元）的观点并不认同。唐伯元介绍了他自己的文学思想转变：从少时的“闻之喜”的“为古且新”到当下的“不古不新”。汪道昆认为若按唐的评判标准，则包括王世贞在内的文坛主将都会受到“株连”。

其二，汪道昆进一步提出了自己不认同唐伯元的理由：自“虞夏殷周”开始，文学发展极尽变化，但变化的范围有限，跳不出“师古”与“师心”二途。如果一味“求古”，那么只能寻求“科斗之前”的文学；如果一味“求新”，那么只能寄希望于中原以外的“寄象译鞮”了。

其三，不应纠缠于“新”与“古”的字面意义，“新”与“古”是可以相互转化的，“莫非古也，则亦莫非新也”。汪道昆充分肯定龚勉的文章，认为他就像善于排兵布阵的将领，“辞各指其所之，犹之部伍，时而秦汉，时而韩柳欧曾”。

其四，就如何解决“求古”与“求新”（“师古”与“师心”）之间的矛盾，汪道昆建议分别对待之，即“古者斥雷同，新者去雕几”。也就是说，“师古”不要拾人牙慧，食古不化，老生常谈，缺乏真情实感，人云亦云；“师心”不要像刻绘文采的“雕几”一样，炫才逞技，看似别出心裁，实则孤芳自赏。

其五，汪道昆亮明了自己的文学主张：与其像唐伯元那样做一个“不古不新”的人，不如做一个“古且新”的“今人”。汪道昆以看似谦恭（“惭于粤君子”）实则倔强而又自主的文学创作实践诠释了“师古即师心也”这一主张。

换而言之，汪道昆希望达到“语师古则无成心，语师心则有陈法”（卷二十五《翏翏集序》）的理想效果。执于“师古”，则陈词滥调、面目可憎，七子派之末流是也；执于“师心”，则浅薄刻露、“轻、佻、纤、僻”[1]，汪道昆之后的公安竟陵之失在此也。汪道昆则无此二者之病。

与王世贞等人相比，汪道昆的师古对象比世贞等人更进了一步。王世贞给慎蒙《宋诗选》作序，引用何景明对宋元诗歌的评价“宋人似苍老而实疏卤，元人似秀俊而实浅俗”，并且认为何的评论“的然”[2]。

同样，李攀龙在编纂诗歌总集《古今诗删》时选录“古逸”、汉至唐代以及明代各体诗歌，而自唐至明中间的宋元两代诗歌不录。

他们二人显然沿袭前七子李、何诸子论诗贬抑宋元的路径。汪道昆则不然，汪道昆“愿及崦嵫末光，操诗纪以从事，择其可为典要者，表而出之。孰近于风，则曰绪风；孰近于雅，则曰绪雅；孰近于颂，则曰绪颂。如其无当六义而美爱可传者，亦所不废，则曰绪余。降及挽近二代，不可谓无人。当世斌斌，八音万舞具矣。假之期月，庶几成一家言。”（卷二十四《诗纪序》）

汪道昆还肯定“师古无若师心”，关键要追求“实用”。

余惟国初二三宿学，并列著作之庭。顾其体犹沿当时，难与道古。弘嘉之际，作者烝烝，秦齐代兴，壹禀左氏、司马，由是糠秕有宋，胡相因于陈陈。毗陵晋江始亦操其末议，中道改辕趣近，毋勤远略而亡功。于是尸庐陵而祝南丰，文在兹矣。第奉欧曾者绌秦汉，奉秦汉者绌欧曾。虽不佞亦仅守一隅，直为朦腐二史左袒。公守毗陵师说，师古无若师心。其言曰：“语有之，貌言华也，至言实也。夫心为实，心学为实学。言为实言，用为实用。文斯其至，恶用求工。庄生有言，道隐于小成，言隐于浮华，工无益矣。”先是公入蜀，不佞守襄阳，中野相与班荆，日下舂而别。公语不佞：“伯玉固多能哉，语性命则性命，语经济则经济，语辞章则辞章，辨矣。”博学而无所成名，孔子之所以为大，并举不朽而参相立，惟圣者能。吾党三而一有焉。务求其至，亦足以立，讵必多学为哉！及入闽同官，幸得相与朝夕，睹公所论著，处其实，不处其华，直将以大冶而铸欧曾，应响毗陵，不视而速肖者也。其后二十年，所始得睹集之大成。其间论道者什三，经世者什七。即属辞泛应，非近斯二者不谈。要皆根于实心，典于实学，含章时发，则为实言。宁为

[1] 陈田《明诗纪事》庚籤序，该序论公安之失在轻、佻，论竟陵之失在纤、僻。

[2] 王世贞《弇州山人续稿》卷四十一。

清庙明堂，毋为棘端槲叶。何以故？贵其实用故也。（卷二十四《姜太史文集序》）

上引于汪道昆给姜宝文集的序文中，既可以看出姜宝的文学师承，也从中得出汪道昆对姜宝能够平衡“师古”与“师心”这两者的关系，并最终指向“实用”的诗学主张持赞成态度。

进而言之，汪道昆“师古即师心也”与先秦时期孟子的思想有相通之处。孟子认为，人有四心：“恻隐之心，人皆有之；羞恶之心，人皆有之；恭敬之心，人皆有之；是非之心，人皆有之。恻隐之心，仁也；羞恶之心，义也；恭敬之心，礼也；是非之心，智也。仁义礼智，非由外铄我也，我固有之也，弗思耳矣。”（《孟子·告子上》）“四心”分别对应“仁”“义”“礼”“智”四种思想。这四种思想属于人的社会道德属性的内容。这些均不是后天获得的，而是先天就具有的。譬如《孟子·梁惠王上》中记载齐宣王不忍杀牛，将其“舍之”。主要原因一方面因为“牛无罪”，另一方面也与不忍看见牛因恐惧而发抖之态有关。这样，人因为有“恻隐之心”所以就不自觉地意识到自己的善。人天生所固有的“四心”，是人能够积极行善的内在驱动力量、萌芽和起点，也就是孟子所说的“四端”：“恻隐之心，仁之端也；羞恶之心，义之端也；辞让之心，礼之端也；是非之心，智之端也。人之有是四端也，犹其有四体也”。（《孟子·公孙丑上》）内在的“四心”外显出来就是“四端”。换而言之，人同此心，心同此理，古也好，今也罢，都有相对稳定的“四心”。时代环境不同，人的生活方式、表达方式、社会习俗等可能都不太一样，但都拥有相对稳定的心理状态。过分地夸大古与今的差别，漠视古与今的相通之处，这是不正确的，所以汪道昆认为“师古即师心也”。

综上可知，汪道昆采取比较通达的态度，反对将“师古”与“师心”各执一端的做法，主张统一两者之间的矛盾，强调“师古即师心也”。同时，他还强调如果“师古”与“师心”两者之间的矛盾无法协调，则不妨选择“师心”，但要注意最终的创作目的是指向“实用”。由此观之，汪道昆的文学主张继承发展了孟子以来的文学思想，既不食古不化，也不标新立异，有因有革，做到了传承与创新的有机统一。对于汪道昆的这一文学主张，对我们当下从事文学批评的人来说，无疑具有启发意义：“时间不是决定作品命运的唯一准则，但时间却是淘冗汰余的主要标准。只有那些充沛着艺术精髓的经典，才可能在时间的流逝中，历久弥新。”[①]也就是说，不以作品问世的时间先后来衡量其价值的高低，既不能厚古薄今，也不能厚今薄古，而应从美学、历史、文学等层面来衡量其价值。

第三节 “文由心生”

汪道昆处在后七子后期。这一时期该派论诗面临的主要矛盾是才情与格调法度难以协调。主要原因是后七子所处的时代：他们“无缘感受弘治朝的从容和谐，他们身处主威臣谄、排陷激烈的嘉靖后期，大都抱有愤激的心态。他们孤高傲世、不媚权贵的气节虽不弱于前七子，但对于政治的兴趣却不甚浓厚，而更看重自己的文学才能。”[②]如李攀龙就说过：“诗可以怨，一有嗟叹，即有咏歌，言危则性情峻洁，语深则意气激烈，能使人有孤臣孽子摈弃而不容之感，遁世绝俗之悲，泯而不滓，蝉蜕滋垢之外者，诗也。”[③]

从重视自我才情开始，后七子还重视诗之文采与节奏，强调“格调”。也就是说后七子面临着“才”与“法”的矛盾。对此，门人李维桢在《太函集》序中说：“文章之道，有才有法。无法何文？无才何法？法者，前人作之，后人述焉，犹射之彀率，工之规矩、准绳也。知、巧则存乎才矣；拙工拙射，按法而无救于拙，非法之过，才不足也。将率彀率、规矩、准绳，而第以知、巧从事乎？才如羿输，与拙奚异？所贵乎才者，作于法之前，法必可述；述于法之后，法若始作。游于法之中，法不病我；轶于法之外，我不病法。拟议以成其变化，若有法、若无法，而后无遗憾。”

王世贞也曾意欲统一“才”与“法”之间的矛盾，用一“剂”字调和之：“夫辞不必尽废旧而能致新，格不必趋古而能无下，因遇见象，因意见法，巧不累体，豪不病韵，乃可言剂也。”[④]对此矛盾，汪道昆一方面重视“法”，无“法”则无师法对象，也就是要“师古”，但另一方面也强调要“师心”，他多次提出

---

① 刘彭冰．汪道昆文学研究[D]．上海：复旦大学，2008.

② 左东岭．李贽与晚明文学思想[M]．天津：天津人民出版社，1997：41.

③ 李攀龙《沧溟先生集》卷十六。

④ 许建平，郑利华．王世贞全集：弇州山人四部稿[M]．上海：上海古籍出版社，2021：1838.

“文由心生”这一命题：“夫文由心生，心以神行。以文役心则神牿，以心役文则神行。牿其心以役于文，则棘端㭊叶者之为，吾惧其无实用矣。”（卷二十四《姜太史文集序》）

在另一篇文章中汪道昆着重强调和系统阐述了“文由心生”这一命题以及“心为精舍”的重要性：

> 扬子有言，气，犹水也；言，浮物也①。昔之论文者主气，吾窃疑其不然。文由心生，尚安事气。既以心为精舍，神君之气辅之，役群动，宰百为，则气之官，殆非人力。观之欹器，触类可通。虚则欹，满则覆，惟中正者得之。此纯气之守也。叱咤者其气暴，号嗄者其气冲，柔曼者气濡，强梁者气溢，殆非魁桀果敢之列，惟直养壮哉。气壮则神凝，神凝则机审，相因驯致，理有固然。木鸡之走敌也，虚憍不恃，故壮。丈人之承蜩也，用志不分，故凝。轮扁之斫轮也，不疾不徐，故审。且也，山泽通气，而后天地合；天气下隆，地气上腾，而后万物生；大块噫气，而后群籁鸣；将在行间，一鼓作气，而后三军奋。善用壮者，蚩尤氏为之折首，防风氏为之陈尸，夹谷为之兵夷，汾阳为之退虏。其禀气也正，其役气也壹轨于中行。用罔者反之，则共工、楚霸之所凭陵也。（卷二十六《莺林内外编序》）

首先，汪道昆从学理上对“扬子”（似为韩愈）的话进行反思，提出不同意见。他认为，“气”固然重要，但“殆非人力”；相比较而言，“心”更为重要，因为“文由心生”“心为精舍”。也就是说，“心”为主，“气”为辅，从这一角度视之，汪道昆更加看重创作主体的主观能动性。

其次，汪道昆拈出“欹器”这一意象，强调创作主体加强自身修为的重要性。“欹器”本是一种盛水器，其自身具有倾斜易覆的奇特性能：“虚而欹，中而正，满而覆”，也就是说它在空的时候是倾斜的，加了一半水后是直立的，加满水后即翻倒。以“欹器”为喻，强调做人不能自满，自满就会有“倾覆”的危险。

再次，虽然“心为精舍”，但“气”的作用也不可小觑。在“心”的主导下，各种性格（“叱咤者”“号嗄者”“柔曼者”“强梁者”）表现的“气”也各不相同，

---

① 此处的“扬子”似有误。“气，犹水也；言，浮物也”，典出韩愈《答李翊书》：“气，水也，言，浮物也；水大而物之浮者大小毕浮。气之与言犹是也，气盛则言之短长与声之高下者皆宜。”

或“暴”或“冲”或“濡”或“溢”，因此要“养壮”。唯其如此，才能实现“气壮”—“神凝”—“机审”的逐层递进。在此基础上，汪道昆一一列举了“壮”“凝”“审”的不同实例。

最后，汪道昆从“山泽”“天气”“大块”“将”等天人合一层面的有机融合，得出了一个基本结论：要在“心”的主导下“禀正气”“役气”。

“文由心生”虽然说的是散文创作，但将之移植到诗歌理论当中去，也不无意义。强调“文由心生”这一命题，明确“心”为“精舍”的中心地位。此外还主张“潜心”修持，如为胡应麟《少室山房续稿》所作的序中就提及“窃惟言志为诗，言心声也。吾道卓尔，推潜心者得之。”（卷二十四）对“心”的重视，汪道昆显然是受到阳明学说的影响。①

在《太函集》中，汪道昆多次提及阳明学说在皖南地区的传播：“自王文成公倡绝学，诸高第鼓行四方，都人士响应之宛陵。”（卷五十七《明赠文林郎陕西道监察御史东谷先生暨封孺人汪氏合葬墓志铭》）心学思潮的兴起引起了人的观念的变化。观念的变革，会带来价值观的变革。

而价值观的变化，则会影响汪道昆的文学观念和文学创作。汪道昆所处的嘉、万时期，心学思潮对文学的影响主要体现在主体意识的弘扬、个体精神的张扬、对人情物欲的正视这三个方面。就主体意识的弘扬而言，在文学创作中要注重表现创作主体的真情实感和真知灼见，无论是唐顺之的“天机说”，还是徐渭的“诗本乎情”，更不要说李贽的“童心说”，都反映了这一导向。在此理念指引下，嘉、万时期的文学家要求冲破传统形式的束缚，倡导自然朴素的表现手法，如唐顺之强调要表现“真精神与千古不可磨灭之见”，徐渭主张在艺术表现上要突出“自得”“自鸣”，反对“矫真饰伪”，李贽大力提倡“自然之为美”等。就个体精神的张扬而论，这一时期的文学家大多对个体的人独立存在的价值予以重视，主张人格独立和人格平等，如“凡利人者，皆圣人也”（徐渭）、“天生一人，自有一人之用”（李贽）、“性之所安，殆不可强，率性而行，是谓真人”等。就对人情物欲的正视而说，李贽认为即使是圣人，也免不了追求功名富贵，“圣人顺之，顺之则安矣”，其他如《西游记》中猪八戒追求人欲，《三言二拍》中对商人追求财富的认可等，尤

① 杨瑾．汪道昆六论[D]．芜湖：安徽师范大学，2004．

其是《金瓶梅》对人情色欲的全景展示和细致刻画。[①] 上述种种，大都在汪道昆的诗文中都得到一定程度的体现，以下分别申述之。

在主体意识的弘扬方面，汪道昆充分重视"风"的教化引导作用。他认为：

诗有六义，其一曰风。风之为言风也，大块噫气是也。唱有于喁，和有小大。翏翏则万窍并作，既济则虚，吹万不同，皆足以发。故动万物者莫疾乎风，动以天也。列国有风，乃在闾巷。妇子诗教，宜不及此，太师奚取焉？彼其被于谣俗，流于性情，殆亦天也，非人也。浸假而风为政，周万窍而徇之。若必为钟吕，为箫韶，即终古而求一鸣，曾不可得。幸而得一，不几于废百矣乎！如使太师所陈必《关雎》，必《麟趾》，则三百皆其土苴耳，曾可以慨诸"二南"！是故以天听之，则众窍为窾。以人听之，则比竹为工。听之以天，天耳也；听之以人，里耳也。太史之审乐，则夔也；审音，则旷也，天耳其在斯乎！二三子之称诗也，工则工，拙则拙，不相掩矣，太史泠然御扶摇而上，二三子响应而坐驰。莫非声也本于无声，莫非情也极于无情，盖地籁之属也，要以天籁，太史张之，即工拙何择焉。（卷六《送沈太史还朝序》）

无论是自然界的"风"，吹动万物，发出各种各样的声响，所谓"吹万不同，亦足以发""动万物者莫疾乎风"，还是反映民情世态的"风"，都是"天籁之音"，不需要考虑其"工拙"，只要是本乎性情、发自自然，都值得肯定和褒扬。汪道昆还认为"闾巷之歌"虽不"雅驯"，但为"情性之所由发也"，值得肯定："乃若闾巷之歌，舆人之诵，固皆心腹之所私布，咏叹而长言之。虽其言不雅驯，大都情性之所由发也。然则楚人之歌，庶几乎由人心生矣。"（卷十《封太宜人张母七十序》）

在个体精神的张扬方面，汪道昆肯定个体的独立价值，将人分为"哲人""真人""至人"三类，并阐发了这三类人的特点和价值："心游千古，是谓哲人。游方之外，是谓真人。游物之初，是谓至人。与哲人也者游，良以作吾哲。与真人也者游，良以葆吾真。与至人也者游，良以要吾至。哲则文明，真则充实，至则精微，纯白备矣。"（卷七十六《沧洲三会记》）

---

① 宋克夫，韩晓. 心学与文学论稿：明代嘉靖万历时期文学概观[M]. 北京：中国社会科学出版社，2002：318-322.

对人情物欲的正视方面，汪道昆好饮酒，自号“高阳生”，并撰文《酒德论》二篇。有人劝汪道昆不要豪饮，汪道昆不以为意，认为酒可以“省吾心”，即使是其父从养生角度劝诫汪道昆，汪道昆也尚未“断之”：“肩重者既释负，翩翩然以轻身而游故乡，每从诸丈人行为高会，一饮可尽八斗。客或以酒德规不佞，毋为放饮，人将谓假此以沃热中。不佞颔之，饮复如故。内省吾心，则皆冰释，安得热邪！家大夫进之庭，则又以失养生之道为戒。不佞唯唯，然尚未断之也。”(《戚都督》)。汪道昆喜欢游山玩水，肯定山水在触物兴感、涤荡心灵、安顿精神方面的价值，如诗句“岘首不禁千古泪，倘乘风雨到陵阳。”(卷一百十八《沈士范自宛陵至为太史公乞碑》)，用羊祜登岘山之典，发山水清音。

王阳明心学由心即理、知行合一、致良知、万物一体四个核心命题构成。[①] 汪道昆虽不是王学门徒，但他以自己的人生经历和创作实践实现了对王阳明心学的传承，强调“文由心生”，主张建立事功，倡导良知本性，做到人与自然和谐相亲。

第四节 “上不在台阁，下不在山林”

汪道昆论诗还提出非常响亮的口号：

> “大方家有言，当世之诗盛矣，顾上不在台阁，下不在山林。不佞既然且疑，尝测其涘。上焉者务经世，安事雕虫。较若悬衡，轻重辨别矣。藉令身隐而下，居业不迁，极远穷高，幸有余力，是宜为国工，而归咎竆何居！夫诗，首国风，亦犹之乎天风也。风之起也泠风，其积之厚也为培风，抟扶摇羊角而上为刚风。三者皆雄风也。不恒为厉，不重积为飘，不戢为融，风之慝也。是谓雌风。众雌无雄，身与名胥下矣。又其下，则风波之民也，宁讵托山林为名高。”(卷二十五《翏翏集序》)

好诗不在台阁，不在山林。在这里汪道昆以否定的方式指出“好诗”的范围。他虽然没有明确地说“好诗”在哪里，但通过阅读他的相关作品可以

① 李承贵.阳明心学的当代价值[N].光明日报.2023-11-13.

发现，汪道昆以为“好诗在布衣”，这与新安诗群所聚集的人群多为布衣有关。台阁之诗雍容典重，但缺乏真性情；山林之诗性情流露，不免境界不大；唯有布衣之诗，二者统一，雄雌兼备，阴阳并举。诗歌创作，不在庙堂，不在山林，而在布衣，纠正了论诗者的论诗视角，拓展了诗歌的创作范围，也给当时诗坛提供了新的内涵。

汪道昆坚持复古立场，认为“古者诗在闾巷”，反对当下的“率以反舌而诋布衣”的行为。汪道昆在为潘纬的诗集所作的序中阐述了这一理念，充分体现了他对“好诗在布衣”这一理念的充分认同：

古者诗在闾巷，当世率以反舌而诋布衣，如得象安一鸣，则希有鸟也。吾郡以布衣著者三，得象安而四。当世以布衣雄者二，得象安而三。彼自邑能得师献吉，而不能尽其才；仲房能负俗而抗杜陵，而不能竟其力之所至；处士能辨象安于旸谷，而不能自必于虞渊。象安之负培风，后发先至，有余力矣。且也，西秦东齐，百二更霸。太初操秦声而击缶，亦其偏长。顾其人足为名高，即偃蹇亡论已。茂秦之歌齐右，壹禀于高唐，不誉者有烦言，其人非矣。（卷二十四《潘象安诗序》）

在汪道昆心目中，潘纬（象安）虽为布衣，但他像鸣叫的鸟一样，发出了自己的响亮声音，为徽州地区的诗坛增添了新鲜的血液。就徽州地区诗坛而言，以布衣身份扬名文坛的有程诰（自邑）、王寅（仲房）、江瓘（民莹）三人，潘纬紧随其后，但前三者有“不能尽其才”“不能竟其力之所至”“不能自必于虞渊”等方面的不足和遗憾，而潘纬却能“后发先至，有余力矣”。因此，汪道昆要为像潘纬这样的布衣诗人“建鸣鼓”，推重其人其言：

不佞将为布衣建鸣鼓，则裒象安诗若干卷，成一家言。夫以言举人，则其言重；以人废言，则其人轻。要之是集之所取重者，则其言也。象安之所取重者，则其人也。人与言交相重矣，故其人不朽而言传。方中丞尝评王孟诗，一如雪山佛子，一如石室道人，信矣。顾辋川以媟自媒，襄阳以茬自废。钧之，人丧言矣。高洁者固如是邪！象安徐徐于于，宿直庐如卧草莽。高门下士，必三招而后行。是之谓质有其文，知人则知言矣。（卷二十四《潘象安诗序》）

汪道昆激赏潘纬的为人为文，特别是潘的为人。潘纬为人志向高洁，能够像庄子笔下的伏羲氏那样“徐徐于于”，悠然自得，做到安贫乐道，“宿直庐如卧草莽”。

汪道昆也强调"性情"在文学创作中的重要性。他认为:"诗三百,或出里巷,或出学士大夫。其言壹禀于性情,至今诵之不绝。其后则艺士为政,而里巷无闻。顾忧患者思深,厄穷者愤发,君子犹有取也。陶谢以还,作者或在郡县。彼其孳孳民治,务尽里巷之情。民忧则志忧,民喜则志喜,虽或不轨于风雅,其亦性情之遗音乎!"(卷二十《信州稿序》)在汪道昆看来,《诗经》时期的作品"或出里巷,或出学士大夫",之所以能够做到"至今诵之不绝",原因在于"其言壹禀于性情";《诗经》之后的作品虽不出自"里巷",但只要关心"民忧""民喜",也不失为"性情之遗音"。

值得注意的是,汪道昆同时还提出一个名词"天籁"。在《翏翏集序》的后半部分,汪道昆提出"沨沨乎其音也,蓬蓬乎其行也,翏翏乎其与天籁鸣也"。最早提出"天籁"的是庄子,他在《齐物论》中提出"汝闻人籁而未闻地籁,汝闻地籁而未闻天籁夫",将声音之美分为天籁、地籁、人籁。其中,"天籁"是指众窍的"自鸣"之美。这些"自鸣"之美各自有自己的天生之形,承受自然飘来之风,故而发出的种种自然之声音,达到"天籁"之美。汪道昆在此通过借用庄子的语言实际上想表达这样一个观点:希望诗歌创作要循乎天性,发自内心,"夫诗,心声也。无古今,一也。"(卷二十五《诗薮序》)进而言之,风格上推崇"天籁之鸣"的"雄风"。"雄风包括泠风、培风、刚风,泠风清爽,培风粗犷,刚风雅健,体现着汪道昆不满足单一格调,崇尚自然之法的诗趣。"[①]

汪道昆所创作的大量军旅生活诗就是推崇"天籁之鸣"的"雄风"的具体体现。不仅在汪道昆的军旅生活诗中体现了"雄风"这一风格类型,在汪道昆的其他诗文中,也同样出现了大量的"雄风"意象,如:"楚为南国隩区,首被文德,嗣是伯者代起,厥有雄风,文物声名,犹可概见。"(卷七十三《湖广巡抚都察院记》)"切云冠,远游履,兰台岧岧雄风起,伊余披襟当户倚。"(卷八十《楚恭顺王子镇国将军仲和小像赞》)"灵兮盍归,归兰台只;披襟当坐,雄风来只。"(卷八十三《祭丁太恭人文》)"回首木兰陂上路,披襟好为招雄风。"(卷一百八《周公瑕为徐使君画兰歌》)"雄风襟并豁,寿酒颂逾高。"(卷一百十《七月十三携二弟过肇林期虎臣不至是日为虎臣初度罗孝廉谢文学在焉》)"坐惜雄风过,尊防畏日侵。"(卷一百十一《同社集竹鱼庄迟宰

---

① 李圣华.晚明诗歌研究[M].北京:人民文学出版社,2002:55.

公不至即事》)“雄风如可借,相对一披襟。”(卷一百十一《寄题依隐亭》)“侠骨销难尽,雄风坐上多。”(卷一百十一《方康侯自楚过太函即席有赠》)“三江新伯业,七泽旧雄风。”(卷一百十一《病中送俞羡长东归得五言近体十首》其五)“畏日侵禾黍,雄风散芰荷。”(卷一百十一《立秋日去疾载酒过太函》)“西林纤月当杯出,南国雄风入坐多。”(卷一百十三《端午宴圃翁西堂》)“帝遣分茅出汉宫,豫章白日动雄风。”(卷一百十四《送张太史册封益府》)“京观曾传筑武宫,兰台争得纳雄风。”(卷一百十五《古城文昌阁下筑虎观》)“弱水回车函谷下,雄风饮马大江东。”(卷一百十六《赠李太史本宁五首》其二)“帆前畏日开鹅鹳,台上雄风引凤凰。”(卷一百十七《再寄周使君时行部京邑》)“长揖一辞陶令里,雄风宛在楚王宫。”(卷一百十七《送丁明府上计七言近体四章》其一)“雄风四坐披襟满,爽气千山倚槛来。”(卷一百十八《丙戌仲秋二十五日同诸君子集净慈寺西阁时卓征父光禄帐具征名姬佐酒者十二人即席分体赋诗余为首倡》其一)“帆腹雄风饶客路,刀头明月正吾庐。”(卷一百十八《避暑浮玉山沈纯父自京口遣讯奉答》)“披襟入坐雄风满,把酒论诗畏日斜。”(卷一百十八《函中喜翁晋至》)“披襟谩对雄风坐,衣绣宁夸昼日归。”(卷一百十八《去疾由闽抵任新都先过函中夜坐》)“岸帻当楼延爽气,披襟入坐拥雄风。”(卷一百十八《夏日同戚少保纳凉》)“雨后只应亲佛日,林中况复对雄风。”(卷一百十九《春日肃郡守相董太公暨庄公郑公集诸天阁》其二)“雄风初起动江蓠,楚客披襟白日移。”(卷一百二十《送龙长君应诏郢都十二首》其十)“泽国雄风四坐生,歌钟薄暮动江城。”(卷一百二十《送何主臣之楚十绝句》其七)等。

上引的众多“雄风”意象,既是诗人创作诗文的生活背景,一般与“披襟当坐”有关,“雄风”吹拂,披襟时衣袂飘飘,潇洒自然;也是诗人侠骨情怀的外化,如“侠骨销难尽,雄风坐上多”(卷一百十一《方康侯自楚过太函即席有赠》)等;更是诗人倡导“布衣之诗”的形象化体现,因为只有远离“台阁”的宦海沉浮、免受“山林”的离群之苦,才能真正感受布衣身份的自由闲适。

第三章　汪道昆的诗歌

《太函集》卷一百零七至一百二十是汪道昆的诗歌集，共收有骚、古乐府、四言、五古、五律、五言排律、七律、七绝等共1570多首。其中，最多的是七律，计840多首；其次是五律，计250多首；排在第三位的是七绝，计200多首。面对这么多首诗，后人的评价形成两个极端：扬之者如李维桢，"(先生)诗则何若？乐府、五言古，用《选》法也；他体，用少陵法也。集为先生所自校，总之诗不当文十二；析之，近体数倍古体，七言倍五言，先生权衡备矣！"①

李维桢是汪道昆的弟子，不免有溢美之嫌。朱鹤龄曰："序新安之诗莫盛于汪伯玉先生。"②朱彝尊引李舒章语道："汪司马诗如新刍满地，英楚甚寡。"③抑之者如钱谦益："(伯玉)于诗本无所解，沿袭七子末流，妄为大言欺世。《谒白岳诗》落花流水句云：'圣主若论封禅事，老臣才力胜相如。'几于病风狂易，使人呕哕矣。"④

汪道昆诗价值究竟如何，我们应实事求是，从文本出发，重新给它一个恰当的评价。拨开覆盖在汪道昆身上的烟尘，将汪道昆置身在明代诗歌大的环境下，我们会发现汪道昆的诗歌成就虽不足以卓然自立成为一大家，但自身仍具有独特价值。但我们应看到，在具体研究中，明代诗歌发展历

---

① 《太函集》序。

② 朱鹤龄《愚庵小集》卷八。

③ 朱彝尊《静志居诗话》卷十三。

④ 钱谦益《列朝诗集小传》丁集。按：钱谦益所引诗题不对，原题应为《春首谒玄天素女宫》。诗句也不对，原诗应为："汉帝不须求禅草，老臣才力胜相如"。此诗见《太函集》卷一百一十九。

史的“叙述困境”主要来自两个方面：

（一）研究资料的掌握。从已有的研究来看，无视基本“事实”的现象所在皆是，面对明清两代丰富的历史资料，论者在谈论某一问题时，涉及的文献往往大同小异，丰富的史料被束之高阁，相关讨论很少深入到文学事件内部，对某些文学现象的理解常以清人的评论为依据，未能摆脱故有的陈套。（二）以术语、观念的对比替代历史的叙述。术语、观念的变迁固然是文学研究的重点，然而如果为了彰显某一文学思想的优越性、进步性，将不同文学观念和理论术语的对比简化成对“落后”文学思想的批判，文学史叙述的合理性就不免受到损害。[①]

对汪道昆诗歌的解读也面临上述两个方面的“叙述困境”。一方面，我们很少充分利用存世文献，特别是利用《太函集》，从文本出发，认真细致地解读汪道昆的诗歌；另一方面又以明清时期文坛巨擘评价特别是王世贞、钱谦益等人的评价为鹄的，而尚未充分思考这种评价背后的心理动机。如王世贞将汪道昆封为“后五子”，这样的封号对于汪道昆来说，不是一种荣耀，反而是一种身份的矮化和贬低[②]。再如前文提及的四库馆臣、钱谦益等人对汪道昆的诗文的负面评价，其原因有以下几个方面：其一，前后七子等人的复古思潮经唐宋派、公安派等的冲击至万历时已逐渐消退；其二，清初文坛整体环境是轻视晚明作家；其三，汪道昆致仕后热衷文学结社活动，对四库馆臣及乾隆帝来说尤为敏感；其四，汪道昆撰写的奏疏如《辽东议》《边储疏》《边防疏》《蓟镇善后事宜疏》《辽东善后事宜疏》《保定善后事宜疏》《经略应京诸关疏》等，其针对的对象是清廷，百年之后的清廷对汪道昆的诗文当然如芒在背了。[③]

作为今人的我们如果仍然袭用上述解读思路，则汪道昆的诗将会淹没在浩如烟海的诗歌海洋中而不见真实面貌。基于此，我们应该将汪道昆纳

---

① 余来明. 明诗研究方法举隅：以“李、何之争”为例[J]. 文艺研究，2008(1)：67-72.

② 有论者指出：王世贞提出的“后五子”概念具有相当的随意性或偶然性，只不过是随意拉了几个人凑数而已。通观《太函集》全书，汪道昆论及“五子”时多指李攀龙、徐中行等五人，似乎对王世贞把自己归入“后五子”很不以为意。退而言之，王世贞将汪道昆归入被视为“后七子”活动余波的“后五子”，即使不是有特别意贬低汪道昆，也至少反映了其某种微妙的心态。相应的，汪道昆晚年积极在徽州地区建立诗社、文社，显然有自立门户，与王世贞等人分庭抗礼意味。详参：胡小姗. 汪道昆碑传文研究[D]. 合肥：安徽大学，2014：73-74.

③ 胡小姗. 汪道昆碑传文研究[D]. 合肥：安徽大学，2014：71.

入历史的具体情态，在文学演进的历史情境中，摆脱明诗研究中的“叙述困境”，重新解读其诗。

第一节 汪道昆诗歌的主要内容

汪道昆诗歌洋洋1700多首，大多为中年致仕以后所作。从诗歌的体裁上看，七律最多，其次五律。从诗歌内容上来看，汪道昆诗歌主要有以下几类。

一、赠答诗

关于文学作品的应酬功能，郭英德先生认为：“中国古代文体，建立在政治、礼乐制度和实用功能的基础上。各种文体自产生之初，就有显著的集体性、功利性和交际应酬功能。在‘诗可以群’‘君子以文会友’等儒家诗学传统中，文体的交际应酬功能长期以来被认可、接受，甚至得到鼓励。”[①]但是，在明清时期，一方面各类具有应酬功能的诗文大量出现，这是一个不争的现实；另一方面，以四库馆臣和钱谦益为代表的清代权威评论家对此颇有微词。钱谦益说：“志墓之文，本朝弘、正后，靡滥极矣。”[②]不仅如此，即使是和汪道昆同一时代的唐顺之也颇为极端地说：“屠沽之人，有一碗饭吃，其死后则必有一篇墓志。”[③]那么，我们该如何看待汪道昆诗文中大量的赠答诗、赠序、寿序、墓志文呢？

前文已经提及，汪道昆实是热闹场中人，为官期间，和达官贵人、文人墨客互相赠答。即使是致仕乡居期间，汪道昆用世之心一刻也没有消歇，经常和一些人诗文往还。这些诗有《宝剑篇时客延平赠余德甫》《送江民璞之任江西按察》《古意赠方敬之二首》《赠陈仲鱼》《湖上送黄全之还闽》《古

① 何诗海.明清文体应酬功能之争[J].文学遗产，2023(3)：135-146.

② 钱谦益.新刊震川先生文集序[M]//归有光.震川先生集.周本淳，校点.上海：上海古籍出版社，2007：10.

③ 唐顺之.唐顺之集[M].马美信，黄毅，点校.杭州：浙江古籍出版社，2014：276.

意送肇郜应试南郡》《赠广文先生龙君御》《送吴翁姊》《严陵送龙博士君御》《赠胡元瑞》《送胡元瑞》《赠张祭酒南荣》《天都行送方伯入滇》《长歌送无学归摄山》《对雪为长句赠宰公》《新都行赠别张太史》《宝剑篇代赠汪肇郜应试京兆》《芋原入舟郑叔晓自莆阳见过席上有赠》《席上呈余使君》《送仲嘉入越读书》《送詹山人还里中》《答余德甫》《送顾季狂入闽兼讯戚都护吴太守》《答仲嘉问疾》《送张平叔还四明》《赠汪博士应辟典武学》《送张虞部调常州别驾还婺觐省二首》《送左职方之任云中二首》《赠国子先生欧桢伯五言六首》《赠王仲房南归》等。

这类诗歌往往写汪道昆与赠答对象间相互酬唱、相互问讯，内容较为丰富，所写情感也比较真挚，不完全是虚与应付之辞。如卷一百零九《送张虞部谪常州别驾》，诗中有"秋风回首地，泪满逐臣缨"句云云。同僚被贬，赠言相劝，触景生情，人犹如此，情何以堪。又如卷一百一十八《送万御史谪剑州》，该诗同题两首，全诗如下：

其一

台郎一著惠文冠，拂简飞霜直北寒。
万死肯容吾道在，一宫殊觉主恩宽。
马头雪色巴山度，斗下龙光剑阁看。
九折羊肠行色壮，不知何处是长安。

其二

丰碑七尺令君祠，正忆当年待哺时。
花事春回仍烂漫，棠阴腊尽未参差。
人怜一去孤臣远，天遣重过茂宰私。
父老隔年思见面。双凫欲下复何之。

诗题中万御史即万国钦，曾任婺源知县，因弹劾首辅申时行，于万历十八年(1590)九月被贬为剑州判官。汪道昆作诗为其送行。其一感慨万能直言，虽获罪而不悔，颇有儒家"知其不可而为之"的精神；其二则追记万为婺源令时的政绩。抚今追昔，感慨良多。写此诗时，汪道昆已乡居多年，无东山再起之可能，三年后失望地离开人世。汪道昆哀万国钦实为哀自己，空有文韬武略、满腹经纶，只能闲居乡里、老死家乡。若将该诗与万历十三年(1595)所作的《秋吟八首》之第三首"十年转忆当年事，七尺空存报主身"句参照阅读，可更见汪道昆此诗创作之心境。

从一定程度上来说，汪道昆赠答诗还可以为当时文坛“立此存诗”。汪道昆赠答之人，如王世贞、胡应麟、龙膺、徐中行、潘之恒等，皆彼时有名之文人。通过解读汪道昆诗，可见当时文人参加文学活动之现状。

如汪道昆曾有多首诗歌与陈筌（仲鱼）有关：《赠陈仲鱼》《陈仲鱼之丧丈人，未释忧色。余吊丈人于其里赋诗解之》《仲鱼至》等。陈筌，徽州府休宁人。其父陈有守（达甫）与方弘静等结诗社，是徽州早期的诗人之一。陈筌受父亲的熏陶，致力于诗作，是汪道昆所组织的丰干社“七君子”之一。

有些赠答诗，因赠答对象为自己的亲人，因而感情更加真挚，如《舍弟困诸生，顾有嗜酒、放言、玩物之癖，作诗以讽之》，诗云：“以我车前辙，为君座右铭。鬓无多日绿，眼有几人青。国步须骐骥，家声仗鹡鸰。别来成契阔，莫厌太叮咛。”汪道昆劝弟道贯要珍惜时光，作出一番事业，以振兴家族。其言忠忠，其情殷殷。

二、军旅生活诗

从汪道昆一生的经历来看，“出守襄阳，治兵于闽，恢复城邑；两抚三楚，缉叛锄奸、二佐兵枢，阅视蓟辽；辅兵一议，凿凿经国讦谟，且岁省浮费数十万”。（《明史·文苑传》）以一介书生而入军队，多年的军旅生活历练使汪道昆具有文人和武将双重视角来关注国家的前途命运。多首军旅生活诗就是这段经历的写照。

中国古代所发生的平定外敌入侵的战争，大多与边塞有关，故汪道昆的军旅生活诗大多写边疆生活。只不过汪道昆诗歌中的边塞和前人诗歌中的边塞有所不同。汪道昆之前，边塞诗最为发达的莫过于唐代。唐代边塞诗的创作主体有两类人：“一类出自社会上一般诗人之手，抒情主人公可以看作边防士卒，不妨称之为战士之歌；另一类是被辟聘到边防节度使幕府中的文士之作，抒情主人公即作者自身，可称为军幕文士之歌。”[①]汪道昆的军旅生活诗二者兼有，既写出了边疆士卒对战争的感性认识；同时汪道昆又以军幕文士的身份直接参与战争，写战场上的所见所闻所感。

汪道昆军旅生活诗有《有感》《铙歌十曲》《戚将军入闽破贼赋十绝句》

① 余恕诚. 唐诗风貌[M]. 合肥：安徽大学出版社，1997：176.

《大将军登富清城西楼，感旧有作，同赋二首》《七月六日自军中还省，宿大田驿，时复有福宁之师》《八月十五日邀大将军夜集开元寺》《九日寄大将军时有海上之役》《元日寄戚都护元敬》《上巳》《舟次白沙》《嘉则入山哭胡司马》《北游别社中诸友四首》《蓟门会阅》《居庸关》《得南台弹事》《即事再送郑相君，时夷方交警》等。

汪道昆军旅生活诗写战斗生活的激烈和战争胜利后的喜悦之情，如卷一百零七《铙歌十曲》。该组诗前有小序，交代诗歌创作的背景和缘由："元戎戚公入闽，盖三平虏矣。闽人尸而祝之，歌而诵之，昄昄在人耳目。今兹之役，则以孤军破虏万众，其功视昔愈奇。博士弟子黄生天全客元戎所，于其饮至，作《铙歌》十曲云。"其一《石马冈》云："石马冈，塞草黄，岛夷如蚁戈如霜，孤城岌岌祸叵量。将军赫然怒，洒泪誓戎行。伊余有事在疆场，愿与百雉俱存亡。朔风动地吹沙场，卷甲宵驰石马冈。""戈""塞草""朔风""沙场""卷甲"等意象的组合运用，让读者似乎重新回到那场惨烈的战争中，感受战时现场的惨烈和战后获胜的自豪。此诗可与高适《燕歌行》参照阅读，不过一胜一败，前者豪情满怀，后者悲愤郁闷。

与以往边塞诗的视角集中在东北、西北一带不同，汪道昆诗歌还将笔触放在南方，写东南沿海军民抗击倭寇的英雄壮举。秋风骏马冀北，杏花春雨江南，其景物不同，审美风貌也随之不一样：一壮美，一优美；一阳刚，一阴柔。汪道昆军旅诗中既写有北地的风物，如"大漠""胡天""胡沙""蓟门""胡笳"等；也提及南国的景观，如"鲸鲵""南海""江天""南粤""渔歌"等。如卷一百一十二《上巳》："辕门柳色雨余肥，水国人家暖尚微。久客不逢修禊事，少年犹忆典朝衣。天回草树莺啼合，春到江湖旅燕归。见说东畬农事起，正逢南海捷书飞。"在江南草长的宜人季节，听到南海捷报传来，佳景、喜事、乐情三者有机融合。

三、写景状物诗

汪道昆此类诗歌多以五绝写成，作品有《杨柳干》《法界庵》《洗马桥》《竹径》《万始亭》《孤屿》《曲桥》《步櫚》《钓矶》《中分榭》《馌舍》《灌木庄》《江干十二楼》《青莲阁》《清凉室》《迎风坐》《三秀亭》《高阳馆》《石林》《玉兰亭》《止止室》《钓璜矶》《栈》《桂竹湾》等。

此类诗歌多为汪道昆乡居期间所作，有些诗歌从诗题上就可以看出写徽州一带的景物。如《祺中赠朗公还落江台》：“相望曹溪水，何时问渡来。青莲三十二，一一为君开。”曹溪即漕溪，在今安徽歙县，盛产茶叶，著名的黄山毛峰茶即产于此。寥寥数笔，即写出盼望老友相聚的深厚情怀。

汪道昆写景状物诗中多见抒情主人公形象，景物有时成为人物活动的背景：“仰观大鹏抟，俯视双鱼驶。其中有真人，无乃蒙庄子。”（卷一百一十九《步榴》）庄子的逍遥闲适、游心外物成为“只得浮生半日闲”的汪道昆的效法对象。还有一些诗歌全诗不见景物，只见人物的所思所悟：“已悟无生法，都忘最上乘。化身犹是幻，底作玉壶冰。”（卷一百一十九《清凉室》）全诗脱略景物，唯见佛影禅趣。该诗与陈子昂《登幽州台歌》近似，不见景物描摹，但见情感流露。

若将汪道昆写景状物诗与王维山水田园诗比较，更能看出汪道昆此类诗歌的特点。王维诗对景物较多细致刻画，多从视觉来写，花红柳绿，色彩斑斓，如“漠漠水田飞白鹭，阴阴夏木啭黄鹂”（《积雨辋川庄作》）句，既有明暗色调的对比（“水田白鹭”的明色调与“阴阴夏木”的暗色调），又有纵横意象的参照（“漠漠水田”的横向意象与“阴阴夏木”的纵向意象），“诗中有画，画中有诗”。汪道昆该类诗中人物形象更为鲜明，处处有“我”在，较多地流露抒情主人公的情感。汪道昆还喜欢在写景的同时点染一二神话传说或历史人物，发表议论，几近宋人写景之作。上文提到的《清凉室》是也。又如同卷《桂枝湾》“竹树交茂阴，行行此溪曲。坐啸沧浪天，因之濯我足”，用楚渔父“濯缨濯足”典故，写山水之思，述幽人之怀。

自然山水有时可以让人忘怀俗世烦恼，回归自由无待的逍遥境界：“回首濠梁怜异代，逍遥结袂此同游”（卷一百一十三《曲水园同诸君子看月》）借家乡之山水，浇胸中之块垒，写大块文章，游逍遥之乡。

在写景状物诗中有一类诗歌需要值得关注，此即为咏物诗。一般来说，“咏物诗首先要切于物，注重形似，其次不滞于物，讲求神韵，再次形神兼备，别有寓意”[①]。也就是说，咏物诗最难做到的是“不粘不脱”（亦称“不脱不粘”）和“不即不离”。

何谓“不粘不脱”，清代性灵派主将对此有精彩的描述：

---

① 胡传志.《红楼梦》诗三首辨析[J].红楼梦学刊，2023(5)：66-77.

咏物诗难在不脱不粘，自然奇雅。涧东咏《玉簪花》云："瑶池昨夜开芳宴，月姊天孙喜相见。醉里遗簪直等闲，香风吹落堕人间。醒来笑向阿母索，起跨青天白羽鹤。移时搜到野人家，乃知狡狯幻作花。烟中便欲搔头去，翠袖纷披宝髻斜。"①

在袁枚看来，好的咏物诗就应该像《玉簪花》诗一样，做到"不脱不粘，自然奇雅"。也就是说，要具备两方面典型特征："一是重白描而不堆砌典故，二是重传神而不一味摹写形容，总之要在体物上把握一个适当的度。"②

关于"不即不离"，同样作为性灵派成员的钱泳对此也有精到的论述：

咏物诗最难工，太切题则粘皮带骨，不切题则捕风捉影，须在不即不离之间。汪春亭《咏灯花》云："影摇素壁梦初回，一朵花从静夜开。想到春光终易谢，搅残心事欲成灰。青生孤馆愁同结，红到三更喜乱猜。颇觉窗前风露冷，斯时那有蝶飞来？"吴野渡《咏红蓼花》云："如此红颜争奈秋，年年风雨历沧州。一生辛苦谁相问，只共芦花到白头。"吴信辰《咏虞美人花》云："怨粉愁香绕砌多，大风一起奈卿何？"高桐村《咏牵牛花》云："莫向西风怨零落，穿针人在小红楼。"皆妙。③

钱泳从"切"与"不切"的角度论述解读咏物诗的一种路径。"太切题则粘皮带骨"指的是容易把所咏之物写死，缺乏灵气；"不切题则捕风捉影"指的是脱离所咏之物，让人不知所云。钱泳所引用的四位诗人诗作，皆能围绕所咏之物展开，既能通过诗句看出所咏之物，又能从中体悟所咏之物的独到韵味。

无论是"不粘不脱"还是"不即不离"，都为好的咏物诗制定了评判尺度：既不能为咏物而咏物，将景物写死；又不能脱离所咏之物，让读者不知所云。换而言之，咏物诗应做到"形似"与"神似"的完美统一。以此尺度衡之，汪道昆的部分咏物诗似已达到这一标准。如《竹径》一诗："入户竹千个，中间一径分。南风入林响，仿佛弹鸣琴。"既勾勒出竹子的自然形态"入户竹千个，中间一径分"（竹枝如"个"字），又写出抒情主人公的飘逸出尘之态"南风入林响，仿佛弹鸣琴。"该诗显然借鉴了阮籍《咏怀》（夜中不能寐），

---

① 袁枚．随园诗话[M]．王英志，批注．南京：凤凰出版社，2009：403．

② 蒋寅．"不粘不脱"与"不即不离"：乾隆间性灵诗学对咏物诗美学特征之反思[J]．人文中国学报，2016(1)：49-72．

③ 丁福保辑．清诗话：下册[M]．上海：上海古籍出版社，1978：889-890．

但旨趣与嗣宗大为不同:汪道昆清旷,嗣宗孤愤。

四、咏怀诗

泛泛言之,前面三类诗歌中均有咏怀在。此处所指的“咏怀”特指诗题中带有“感怀”“有怀”“见感”“秋吟”“秋望”等字样的带有咏史怀古色彩的诗歌。该类诗有《城上观涛有怀江方伯》《自黄山归白社奉怀司理公,送曾明府应诏入朝近体二首》《溪南秋望》《秋吟八首》《溪西秋望》等。

无论是“咏史”还是“怀古”,都是在“古”与“今”的映照中,以表达“借历史之酒杯,浇胸中之块垒”的创作意图。关于“历史”,朱良志先生认为,存在三种“历史形态”:

> 在中国艺术家心目中,存在三种不同的历史形态。一是在时间流动中出现的历史事实本身,这是历史现象,是历史的第一种形态。二是被书写的历史,汉语中有“改写历史”的说法,即历史是人“写”出来的,具有知识属性。……历史书写具有权威性特点。历史的权威叙述,为人类存在提供文化土壤,同时在某些时候造成对真实情形的遮蔽,即书写的历史与历史现象并非重合。这是第二种历史,一般所说的“历史”即指此。三是作为“真性”的历史,它既不同于被书写的历史,又不同于具体的历史现象,而是人在体验中发现的、依生命逻辑展开的存在本身。千余年来,中国艺术家特别重视这第三种历史的呈现,它给人的生命存在带来一种底定力量。①

细读汪道昆的咏怀诗,既有第二种形态,即“被书写的历史”,以体现他本人对“改写历史”的思考,也有第三种形态,展示的是一种个体体验下的“生命存在”。

经历宦海沉浮后,汪道昆身在山林,心怀魏阙。如组诗《秋吟八首》,该诗显然模仿杜甫《秋兴八首》。前人认为该诗毫无价值,系拙劣模仿之作。其实不然,汪道昆此组诗虽少创新,但也有其值得称道之处。该组诗写于万历十三年(1595),汪道昆虚年61岁。老杜写《秋兴八首》于大历元年,该年杜甫55岁,离他59岁的生命终点不远,属暮年之作。杜甫写此诗时,

① 朱良志.中国艺术的“不作时史”问题[J].中国高校社会科学,2022(4):113-125,159-160.

老、病、穷、苦，四者皆占；汪道昆写此诗时，境况也不佳，已闲居乡里达十年（“十年转忆当年事，七尺空存报主身”，见《秋吟八首》其三）之久。

同为暮年咏怀之作，杜甫诗中更多对往昔繁华岁月的回忆和感伤：“回首可怜歌舞地，秦中自古帝王州”“鹦鹉啄余香稻粒，凤凰栖老碧梧枝”，语愈华丽，情愈感伤。汪道昆则不然，哀而不伤，心中仍有济世豪情，希望能够再次走向战场、杀敌报国：“至今瀚海无传剑，敢向阴山更射雕”；仍愿意隐居乡里、享受生活：“鼓翼忽来青鸟使，持螯同醉白云乡”；不愿怨天尤人、感伤哀叹：“且喜萧疏供纵目，无劳摇落作悲吟。”

汪道昆对历史人物的评价也有自己的独特感受，如《席上观吴越春秋有作凡四首》。该组诗涉及吴王、勾践、文种、徐夫人、范蠡等历史人物。其中对文种的评价不同于他人：“良哉大夫种。精白照青史。或恐遇九原，因之颡有泚。”对文种的精忠报国、智勇过人表示赞颂。实际上汪道昆在此借文种来写自己。

汪道昆有志难展，也会借诗歌来抒不遇之感，如卷一百零七《孤愤诗》。该组诗一共七首，为胡宗宪而作，历叙胡宗宪昔日礼贤下士、扫除倭寇、名震东南，使南国固若金汤，却因“流言遽从东”，最后被法办而自杀身亡。也写到人情冷暖、世态炎凉：“春风破桃李，畴昔盛平津。荣华一朝歇，掉臂无相亲。昔为平生欢，今为行路人。”昔日的同僚，一个个趋炎附势，落井下石，“吏议纷雷同”。汪道昆为胡宗宪而哭：“一哭彻重泉，再哭结重阴。何以报知己？盈盈径寸心。”才高遭嫉，功高震主，一抔黄土，掩埋忠骨。哭胡宗宪，实为哭自己。悲痛、愤怒、怅惘之情相互交织，不一而足。

此外，汪道昆还有一些写民生疾苦的诗，如《忆昔行端午纪事寄二仲》《旱》《闻灾二首》等。该类诗歌能客观反映当时社会现状，对民生疾苦深表同情，既对贫富悬殊之现状揭露批判“编户寒无衣。糟糠不充腹。舆台厌绮纨，厩马有余粟”，同时又身为官员不能救民于水火而深感不安“赐履自殊恩，肉食非远谋。顾我素餐臣，良为后士羞”。（卷一百零七《闻灾二首》）“民胞物与”，儒者情怀，跃然纸上，近似老杜。

汪道昆还有一些用五绝写的题画诗，如《题画竹》《题画赠翁姊》，该类诗近似咏物，寥寥数笔，勾勒出出所画之物情态：“袅袅青琅玕，娟娟落国手。窗前出一枝，渭曲胜千亩。”（卷一百一十九《题画竹》）

总之，汪道昆诗歌的内容主要以赠答诗为主，交结达官贵人、文人墨客,借诗歌实现自己的未能实现的人生抱负。汪道昆的诗歌即使把它放在当时诗坛上来看,亦有自己的特色。其诗所涉及的范围比别的诗人广泛,而且颇多阳刚之气。具体言之,这类诗歌不完全是应酬之作,有自己的人生体验,同时还折射出当时文坛文学活动的多侧面,扩大了"新安诗群"的影响;汪道昆的军旅生活诗较前人的边塞诗,范围有所扩大,内容也更为充实,从西北边陲写到东南沿海,有阳刚之气;汪道昆的写景状物诗抒情主人公形象更为凸显,诗中多佛影禅心;汪道昆的咏怀诗不低沉消极,多用世情怀,能借历史人物抒平生未遂壮志。

第二节　汪道昆诗歌的艺术特色

在后七子复古思潮的笼罩下,汪道昆诗歌深受其影响,但也有自己的特色。以下从诗歌体裁的角度分别论述之。

一、律诗:学杜近韩

汪道昆近体诗歌成就较高,"五七言近体,尽刷铅华,独存天骨,雄深浑朴,壁立嘉、隆诸子间,自为一家"[①]。其中,又以七律最多。从一定程度上来说,解读汪道昆七律几可窥其诗歌创作的艺术特色。[②]

本节将主要以汪道昆七律为代表,解读汪道昆律诗的创作特色。

汪道昆对杜甫极为仰慕,"千载声名有杜陵"。(卷一百一十三《从吴太守明卿论诗》)其七律,学杜甫之处较多。

(一) 多用叠音词

纳纳乾坤开定水,滔滔江汉坼神州(卷一百一十二《金山寺》)

望望扶桑东尽海,阴阴只树上参天(同上《伏日登浮图》)

---

① 胡应麟《诗薮》续编卷二。

② 常振国,降云.历代诗话论作家[M].长沙:湖南人民出版社,1984:300.

处处飞花寒食路，年年芳草倦游人（同上《寒食示弟》）

袅袅褰裳辞弟子，盈盈解佩赠天君（同上《喜人馈兰花戏作艳句》）

望望关河塞雁回，萧萧风雨草亭开（同上《九日登城北山亭作》）

望望江皋独鹤回，荧荧云石五城开（卷一百一十三《顾山人自武夷至》）

逢逢叠鼓下楼船，皑皑晴沙入暮天（同上《舟次白沙》）

纷纷鼓瑟入齐宫（同上《二仲下第归》）

依依细柳片帆前（同上《送隆公从达将军北上》）

五陵衣马正翩翩（同上《送詹东图下第归新安》）

秋水娟娟片月悬（同上《西湖怀古五首》其二）

客星隐隐高牛斗，世路悠悠水鹿车（同上《西湖怀古五首》其五）

倾盖浮云还片片，沾衣细雨故丝丝（同上《登齐云山有感》）

洞口冥冥吟啸起（同上《夜集大龙宫》）

明月依依百尺楼（同上《曲水园同诸君子看月》）

老杜五律、七律中用叠音词较为突出，如：

莽莽万重山，孤城石骨间（《秦州杂诗二十首》其七）

萧萧古塞冷，漠漠秋云低（《秦州杂诗二十首》其一一）

纳纳乾坤大，行行郡国遥（《野望》）

青青竹笋迎船出，白白江鱼入馔来（《送王十五判官扶侍还黔中得开字》）

短短桃花临水岸，轻轻柳絮点人衣（《十二月一日三首其三》）

娟娟戏蝶过闲幔，片片轻鸥下急湍（《小寒食舟中作》）

哀哀寡妇诛求尽，恸哭秋原何处村（《白帝》）

一般来说，“双字用于五言，视七言为难。盖一联十字耳，苟轻易放过，则何取也。杜甫虽不以此见功，然亦每加之意矣”[①]。

汪道昆师法杜甫，七律中多用叠音词。汪道昆七律诗中，叠音词多在一联中对举出现或单独出现。杜甫律诗中多用“漠漠”“涔涔”“汩汩”“淅淅”“浩浩”“袅袅”“冥冥”“茫茫”等叠音词。[②] 汪道昆律诗中用得最多的叠

① 于年湖.杜诗语言艺术研究[M].济南：齐鲁书社，2007：60.关于杜甫诗歌的语言艺术及本文所选的杜诗例子均来自于书。

② 如陈田《明诗纪事》仅录汪道昆诗一首，该诗就是七律《送吴孟嘉从督学方使君入蜀兼呈使君》。

音词是“翩翩”，其次是“冉冉”“望望”“依依”“萧萧”等。诗中运用叠音词，一方面可以增强诗歌的表现力，构成诗歌的意象美，如“娟娟戏蝶过闲幔，片片轻鸥下急湍”句，叠音词两两对举，双双对对，写出“戏蝶”“轻鸥”的优美姿态，也反映出抒情主人公心情之欢快。另一方面，运用叠音词可以展示诗歌的音律美，给读者一定的乐感享受。

此外，汪道昆律诗中还有很多联绵词，这一点和杜甫相似。诗歌中用联绵词，“早在《诗经》《楚辞》里便已经有了。但有意的运用却始于六朝，杜甫则是古典诗人中用得最多和最精的”①。

联绵词分双声、叠韵两种，上述的叠音词是一种特殊的联绵词，既双声又叠韵。汪道昆诗中常见的联绵词有“咫尺”“崔嵬”“逡巡”“缥缈”“混沌”“须臾”“惆怅”“骐骥”“睥睨”等。这些多是叠韵词，双声词运用较少。运用叠韵词，读后“如两相扣，取其铿锵”②。

（二）善用对仗

汪道昆七律和杜甫诗歌有很多相似之处：喜用时空对、颜色字对、数字对。

杜甫时空对如“楚天不断四时雨，巫峡常吹千里风”（《暮春》）、“乾坤万里眼，时序百年心”（《春日江村五首》其一）、“锦江春色来天地，玉垒浮云变古今”（《登楼》）等。汪道昆律诗中也不乏这样的例子：

> 灵鹫散花来五夜，巨鳌吹雨过三山。（卷一百一十二《元夕》）
>
> 羁旅三秋甘阒寂，蹇修千里结殷勤。（同上《喜人馈兰花戏作艳句》）
>
> 万里江湖成偃蹇，百年天地任支离。（卷一百一十三《雨中同袁履善泛湖》）

上下四方，谓之“宇”；往古来今，谓之“宙”。时空结合，即为“宇宙”。诗人通过时空对，为读者展示了辽阔的空间和悠远的时间。如上例“万里江湖成偃蹇，百年天地任支离”句，因汪道昆和友人雨中游湖，“共是忘机者”，故能在时空面前暂时忘怀得失，遗落世事。意境雄阔，气象高远。

---

① 萧涤非. 杜甫研究[M]. 济南：齐鲁书社，1980：113.

② 王夫之，等. 清诗话·养一斋诗话[M]. 上海：上海古籍出版社，1978：935.

颜色字对方面，杜甫诗歌主要有景物自然颜色的对仗（如“六月青稻多，千畦碧泉乱”，《行宫张望补稻畦水归》）、颜色的借对（如“晋室丹阳尹，公孙白帝城”，《送元二适江左》）、借颜色表达深刻象征意义的对仗（如“白发千茎雪，丹心一寸灰”，《郑驸马池台喜遇郑广文同饮》）三种形式。汪道昆诗歌中颜色字对也较多：

白头更入冯郎署，青琐应题汉柱名。（卷一百一十二《寄赠江四使君补南驾部》）

社稷只凭黄阁老，庭闱长忆白头人。（同上《叔晓寓书，亟称闱乐事，感而有赋，情见乎辞》）

高秋风物黄花里，旧国云山白雁中。（卷一百一十三《二仲下第篇》）

以上数例可见汪道昆律诗中用颜色字对，与杜甫近似，也有三种情况。汪道昆诗歌中喜用“青”“白”“碧”，其他如“丹”“紫”“黄”运用较少。在汪道昆诗中还有不多见的句中用颜色词作对，如“白发青灯一酒杯”（卷一百一十三《除夕夜雨坐即事》），“青”“白”相对，一年又逝，有志难申，徒添感伤。

数字对方面，杜甫诗歌多体现为一与一的对仗（如“亲朋无一字，老病有孤舟”《登岳阳楼》）、一与多的对仗（如“相看万里外，同是一浮萍”《巴西驿亭观江涨，呈窦使君二首》其二）、多与多的对仗（如“系舟身万里，伏枕泪双痕”《九日五首》其五）。汪道昆七律也多数字对：

文园消渴逃三伏，法界登临览四禅。（卷一百一十二《伏日登浮图》）

百粤宣威来汉使，三吴转饷入燕关。（同上《赠方司农监浙江漕兼呈胡司马》）

西来迢递舟千仞，南去微茫见十洲。（同上《游清源洞》）

书剑一身俱浪迹，庭闱千里总关愁。（同上《中秋忆弟》）

汪道昆七律中比较多的是一与多的对仗、多与多的对仗，没有一与一的对仗。盖一与一的对仗多表达一种孤苦无依的凄凉境况，这种境况在汪道昆身上很少发生，汪道昆能以积极用世心态体味冷暖人生，故能消解之。汪道昆律诗数字对中经常出现的数字除“一”“十”“百”“千”“万”外，还有“三”“四”“五”“七”等数字。数字“二”没有出现过，以“双”代替，如“孤村白屋惨生事，双毂青门长者车”（卷一百一十三《至日嘉则虎臣见过得虚字》）。

有些情况下，时空对也是数字对，如“万里江湖成偃蹇，百年天地任支离”。“万”“百”相对为数字对，“万里”“百年”又属时空对。两两对举，既比较出数字的多寡，又展示出时空的阔大悠长。

（三）好用典

杜诗中好用典故亦较为突出，前人多已论述，宋人黄庭坚说杜诗：“无一字无来处。”语或夸张，但也道出杜诗用典较多这一事实。进而言之，“杜诗中含有数量巨大的成语典故，或者说杜诗中包含来历或出处的字句有很大的密度。他所谓的‘无一字无来处’也就是要求尽可能多地吸收、借鉴前人诗文中的语言技巧，如词汇、典故等修辞手段，充分利用前人的文学遗产，达到以故为新”①

所谓用典，一般是指在诗文中引用古书中的故事或有来历出处的词句，包括事典和语典两种。典故运用得当，可以使诗文言简意赅、含蓄蕴藉，富有表现力。运用典故，就应像袁枚所说：“（用典）如水中着盐，但知盐味，不见盐质。”②

中国古典诗歌用典“传统源远流长，早在先秦时代就奠定了以情境为主导的原则。经过长时间的发展，用典超越了经引成语与史事的阶段，也从‘套语’中挣脱出来。诗人由‘引’而‘用’，致力于以自己的语言‘运化’典故，使其成为作品的有机部分，用典水平也成为衡量诗歌的重要指标。”③

在复古思潮的影响下，汪道昆律诗中也多用典：

汉帝只今多猛士，马卿犹作未归人。（卷一百一十二《生日》）

陶令不妨耽白社，支公应许乞青山。（同上《访方君敬西塔寺赋得山字》）

狂来却笑南阳卧，莫谩当杯《梁甫吟》。（卷一百一十三《屯溪放舟过孙从周别业》）

回首濠梁怜异代，逍遥结袂此同游。（卷一百一十三《曲水园同诸君子看月》）

汪道昆用典多用事典，其诗多以庄子、冯谖、陆贾、贾谊、汲黯、王子乔、

---

① 莫砺锋．杜诗“伪苏注”研究[J]．文学遗产，1999(1)：53-69.

② 袁枚．随园诗话[M]．王英志，批注．南京：凤凰出版社，2009：130.

③ 程羽黑．古典诗歌用典论[J]．复旦学报（社会科学版），2023，65(5)：80-88.

诸葛亮、山涛、张翰、李白等人物，其中提得较多的是贾谊。贾谊成为后世怀才不遇者之典型。汪道昆以贾谊自况，借他来抒自己有志难展的愤懑。汪道昆笔下另一个神话人物王子乔的仙风道骨、遗落世事伴随着古徽州的奇山秀水，可以让汪道昆暂时忘怀得失，自我消解烦恼。

汪道昆诗歌也用语典，如咏九华山的名诗《望九华》，诗中有"片片芙蓉照水新""行边空翠欲沾衣"两句。前一句显然化用李白咏九华的名句"天河挂绿水，秀出九芙蓉"，后一句则化用王维诗句"空翠湿人衣"，所化用的两句分别暗合九华山的自然景观和人文景观："九华山"之外貌，似九朵芙蓉花，"九华山"之名，因李白而得；王维乃"诗佛"，化用他的诗写佛教圣地可谓恰如其分。

汪道昆律诗中用数字对、颜色词对、用典等手法时并不单独运用，如卷一百一十三《溪上别江四方伯》：

归休准拟得吾曹，王事其如尔独劳。
自是尚方须汲黯，肯容中散绝山涛。
百年吏隐新持节，万里君恩旧佩刀。
赤日黄尘回首地，故人箕踞在江皋。

全诗除首联外，其他几联运用了用典、时空对、颜色字对、数字对等手法。借历史人物述怀，切合当时情状，用典虽多，但毫无堆砌之弊。

（四）活用佛教用语

诗中用佛典，最早始于六朝。① 自此之后，隋唐诗人诗歌中多见佛典，即使是以辟佛著称的韩愈也不例外，留下一些与佛教生活相关的诗歌。杜甫也不例外，其诗中多佛教用语，代表作品有《游修觉寺》《上兜率寺》《望牛头寺》《谒文公上方》《寄赞上人》《宿赞公房》《谒真谛寺禅师》《觉高僧兰若》等。如《望牛头寺》："牛头见鹤林，梯径绕幽深。春色浮山外，天河宿殿阴。传灯无白日，布地有黄金。休作狂歌者，回看不住心。"该诗为杜甫游四川梓州郪县牛头山鹤林寺所作。诗名为"望牛头诗"，即是通过写牛头山景色表现诗人对禅居修行生活的向往。此诗多直接用禅语入诗，极富禅意。

唐以后，宋人诗作中用佛典较为少见："就连苏轼这样好佛并精通佛学

① 赵杏根.论佛教对中国古典诗歌的影响[J].中国韵文学刊，2003(1)：69-74.

的大诗人,其包括《游金山寺》在内的许多与佛教有关的诗题,诗中竟然没有佛理佛典。即使写佛教活动的诗,如晏殊《盂兰盆》、田况《大慈寺观盂兰盆诗》,竟然全无佛理佛典。王十朋《浴佛无雨》仅用了四五个佛教名词而已。佛理佛典于元、明诗中出现的频率,犹在于宋诗之下。这种现象,其原因也在社会政治、文化环境。"①

作为七子派后期重要成员之一的汪道昆,其诗学唐不学宋。诗歌中也多佛教用语,如"日暮菩提听说法""法界登临逃四禅""空堂听法天花落""旃檀细细出香台"等。最为代表性的是《雪夜斋中读楞严经》:

明烛高斋雪正深,经声遍作海潮音。

三乘已悟无生理,万法应归不住心。

解脱何须翻贝叶,皈依还似叩珠林。

虚堂夜久闻清梵,冉冉天花落砌阴。

全诗充满着佛教用语,但汪道昆本人不是佛教徒,只不过借佛教抒怀,如"解脱何须翻贝叶"句。乞求解脱,何须经文,心若无执,了然无碍,万千烦恼,已然消解。这是对佛法更深层次的认识。

(五)动物意象:凤凰、鹔鹴及其他

汪道昆律诗中经常出现的两种动物是凤凰和鹔鹴,其中凤凰最多,如"更渡秦淮咏凤凰""瞥见春城下凤凰""城阙春回五凤凰"等句。凤凰和鹔鹴是古代传说中的神鸟,《说文·鸟部》在解释"鹔"字时云:"鹔,鹔鹴也,五方神鸟也。东方发明,南方焦明,西方鹔鹴,北方幽昌,中央凤皇。"凤凰何以频频在汪道昆诗中出现?如果我们回到唐朝,就会发现在唐诗中"杜诗中描写凤凰的作品比较多,如果我们把李白跟杜甫作一个比较研究的话,就会发现这两个人的不同思想倾向在每一个方面都有标志性的显示。同样是写鸟,杜甫最喜欢写凤凰,李白最喜欢写大鹏。凤是古代儒家认可的祥瑞……而大鹏鸟是道家的象征,庄子认为它是一种绝对自由的象征,自由自在,无所依赖。所以李白喜欢写鹏,杜甫喜欢写凤。"②

汪道昆亦如是,在诗中借凤凰、鹔鹴等神鸟意象来咏怀,希望一酬壮

---

① 赵杏根.论佛教对中国古典诗歌的影响[J].中国韵文学刊,2003(1):69-74.

② 莫砺锋.杜甫诗歌讲演录[M].桂林:广西师范大学出版社,2007:233.

志,实现经世济民理想。同时,凤凰、鹔鹴等意象也和汪道昆出身徽商家庭,属于富贵之人这一身份相吻合。

除凤凰、鹔鹴外,汪道昆诗中还有"骐骥""鹰隼""江雁"等动物意象,这些意象总体风格和汪道昆律诗给人带来的感受一样:耿直爽朗,有阳刚气。

像孔子一样,杜甫也获得了被后人誉之为"集大成"的崇高地位。"集大成"者,继往开来也,"杜甫之'集大成'与孔子之'集大成'一样,最重要的意义不在于承前而在于启后"[①]。也就是说,杜甫"以集大成者的姿态,对前人的诗歌遗产进行了全面的总结。从表现对象到创作手法,从诗歌体裁到修辞手段,前人在诗歌中留下的丰富积累都在杜诗中汇总起来了。至此,古典诗歌已经发展到了一个顶峰,它要继续向前发展,就再也不能沿袭以前的轨道了。杜甫正是感觉到了这种历史趋势并且用其创作实践为这种趋势的实现作出了艰苦探索和巨大贡献的诗人。"[②]具体到律诗特别是七律,杜甫所作的贡献更是厥功甚伟。众所周知,近体诗之一的七律在杜甫手中才最后完成与定型。律诗到了杜甫手中,才最终建立完美的范式而集其大成,为后世律诗定立规矩,开辟道路。从杜甫以后,律诗便成了中国古典诗歌的主要诗体。杜甫律诗主要在两个方面作出杰出贡献:语言形式方面,杜甫"拗体"律诗突破了律诗声律方面的限制。

杜甫律诗极力锤炼和锻造语言,使诗歌语言的特殊功能得到进一步发挥。老杜通过在诗歌里营造警句和诗眼,突出诗歌的意象,深化诗歌的意境。诗歌内容方面,老杜将律诗从初唐的应制诗和应酬诗中解放出来,用律诗来写景、述事、议论、抒情,极大地扩展了律诗的表现内容。并用联章体的形式,以律诗写组诗,以律诗写时事,扩充了律诗的容量。用这种方式,克服了律诗篇幅较短,容量较小的缺陷。如前所述,律诗至杜甫而为"集大成"。此后,学杜律诗者有两端:韩愈得其阳刚之气;李商隐得其阴柔之气。汪道昆律诗风格近韩愈,虽学杜,但不像杜甫沉着厚重,其诗少含蓄蕴藉,多直露浑朴。

汪道昆对杜甫律诗的借鉴不仅体现在形式上,如用叠音词,工于对仗;也表现在内容上,汪道昆用律诗来写景、述事、议论、抒情,同时也模仿杜

---

① 程千帆,莫砺锋,张宏生.被开拓的诗世界[M].上海:上海古籍出版社,1990:23.

② 程千帆,莫砺锋,张宏生.被开拓的诗世界[M].上海:上海古籍出版社,1990:22.

甫，用律诗写组诗，如《秋吟八首》《诸将五首》《诸将后五首》等。

二、绝句：七绝优于五绝

绝句源于乐府，而绝句得名则由于南北朝时盛行的联句。其中，“五言绝句作自古也。汉魏乐府古辞则有《白头吟》《出塞曲》《桃叶歌》《欢问歌》《长干曲》《团扇郎》等篇。下及六代，述作渐繁”①。

汪道昆五绝现存近百首，其五绝多写景状物，也有少部分诗歌写对佛理的认识（如《清凉室》《最上一乘》等），还有诗歌写对历史人物的评价（如《止止室》）。汪道昆五绝古绝居多，诗歌多不对仗。汪道昆五绝喜欢以古心古貌写自然山水，山水形象不太鲜明，但抒情主人公形象较为明显。与李白相比，汪道昆笔下山水没有李白清浅明快、浑然天成，山水似乎蒙上了一层淡淡的青烟。

汪道昆喜欢在诗歌中发表议论，或用一二神话点缀其中。如《止止室》：“一室谢人徒，十年穷老易。笑杀扬子云，至今玄尚白。”借扬子云抨击时弊，语言辛辣。又如《石林》“山风亭阁道，倘下云中君”，用神话传说点染山水。

汪道昆五绝常用意象有“日”“林”“樵”“石”“水”“月”“云”等。这些意象多属象征性意象，优点是语义明确，易于感知；不足之处是若用得较多，似贴标签，缺乏真情实感。此外，汪道昆五绝多植物意象，少动物意象。

汪道昆七绝较多，有两百零七首，在现存诗歌中排名第三。汪道昆七绝怀人之作、赠别之作较多。汪道昆七绝另外一个特点是，喜用组诗的形式写七绝，如《戚将军入闽破贼赋十绝句》《寄弟十二首》《送吴虎臣八绝句》《送龙长君应诏郢都十二首》等。盖绝句体制较小，不像律诗需要雕琢，故以组诗写之。用组诗写七绝，杜甫也曾为之，如《戏为六绝句》《江畔独步寻花七绝句》等是也。

汪道昆七绝形式上似杜甫，采用组诗写重大事件，如《戚将军入闽破贼赋十绝句》。盖绝句形式短小，犹如电影之快镜头，长于捕捉生活中某一画面。用组诗写绝句，好似将一个个镜头连缀之，画面更加连贯、清晰。面对

① 高棅《唐诗品汇》。

戚继光“入闽破贼”这一重大事件，很难想象能用一首绝句来表情达意。故而汪道昆效仿杜甫，以绝句组连成诗，续短为长，把绝句珠连成串，用来反映社会，表现生活，克服了绝句体制上的局限性，扩大了它表现内容的能量。

风格上，汪道昆七绝学李白，有韵味、气魄雄大，语言富有夸张性。但汪道昆七绝自然流畅不及李白，没有浑然天成之美。语言上，汪道昆七绝有时用对句，如“炎海茫茫问法华，慈云冉冉护袈裟。莲开十丈空王坐，雪拥千峰佛子家。”(卷一百二十《送濂上人南游归粤》)，全用对句，简直是两副对联拼凑而成，无清新明快之美，有堆砌矫饰之弊。汪道昆七绝多佛语禅心，如“尔向毫端窥色相，我从树下问菩提”“一从西土度南溟，水月空明自在身。出世由来无色相，休将绘事拟心神”等，借佛语悟人生、论艺术。汪道昆七绝还用口语，如“若个”“两两三三”等。

与五绝相比，汪道昆七绝写自然山水较少，但成就比五绝高。如七绝《桃坞》“家在桃源未著花，故园准拟及春华。东风一夜浑无赖，吹散西原万树霞。”忽然一夜东风，吹落满树桃花，似满天灿烂烟霞。灿烂桃花，伴春风飘落；盎然春意，随春风点染。而类似题目的五绝《松坞》则是另一番情景：“偃蹇干云上，霏微带雨浓。只今在空谷，疑是避秦封。”虽有理趣，但不自然。

总体来看，汪道昆五绝成就不高，诗多议论，颇近宋调；七绝多用组诗写之，扩大了表现内容，形式上颇似老杜；诗风上又学李白，境界宏大，语多夸张，有一定可取之处。

三、古体诗：七古最佳

汪道昆古体诗主要有骚 1 首，古乐府 4 首，铙歌 15 首，四言诗 26 首，五言古诗 69 首，七言古诗 29 首。总体来看，五古成就较高，其次铙歌。

汪道昆古体诗中现存铙歌 15 首，其中前十首主要为纪念戚继光“孤军而破虏万众”作。这十首总体上格调高昂，写戚家军英勇无畏，以摧枯拉朽之势大破倭寇。全诗运用了对比、比喻、顶针、反问等手法。如写戚家军为“戚虎”，倭寇为“蠢尔倭奴”“贼”“岛夷如蚁”。在写戚家军的声威时，以“军声如雷声”喻之。戚家军的到来则比作“及时雨”：“将军之师真时雨，雨霈氛销，烝人胥宇。”同时运用比喻和顶针两种手法，形象贴切，流畅自然。解除倭寇的骚扰后，汪道昆以反问的语气表达对戚继光的敬重："闽海澄清，风尘不惊，谁与尔争名?"后五首为休宁知县丁应泰(元父)作，时间为万历十七年(1589年)，前有小序云："军礼论最者，凯则歌《铙》。己丑，县大夫丁元父入朝，举卓异第一。比还，县诸父老挈壶浆迎之万岁山。于是，左司马作《铙歌》，凡五阕。"全诗用赋法，讴歌县令丁应泰的业绩及家乡父老对丁凯旋的欢迎。全诗除第一首以四言为主，末尾两句七言外，其他四首均以三言、五言、七言等杂言形式，语言错综变化，如军中击鼓，有一定的节奏感和音乐性。

汪道昆四言诗现存26首，其中《上襄王诗》12首，《题叶世母卷》3首，《高禖之什》5首，《严濑之什》6首。除《高禖之什》5首外，其余为襄王、伯母、龙膺所作。汪道昆四言多用古语古调，全诗不用《诗经》惯用的复沓手法，颂扬他人通过叙述的手法来体现。整体来看，价值不高。

汪道昆五言古诗在整个古体诗中所占比例最高，成就也较高。从诗体角度来说，"五古在音节乃至意念节奏上一般是不激不励、逐层向前推进的，即所谓按辔有程，而较少过猛过急的动荡起落。较之《诗经》四言句、近体诗的律句和七言歌行的长句，它更接近于自然语气。因此五古多半写得比较自然朴实。一些亲切的、平易近人的情与境，如农家生活、山水景物、骨肉亲情等，以五古写之读来令人倍觉亲切。同时从时间发展过程看，它在五七言诸体中，最为古老，汉魏两晋的文化精神对它有较深的浸染，遂具高古、浑厚等特征。它外在给人的感觉一般显得简省，而内中往往渊深朴茂，有较为充实的内涵。"①汪道昆五古应作如是观，其诗多为赠别友人，少数作品纪游，另有咏怀诗(《孤愤诗》七首)、颂扬烈女诗(《烈女诗》)、反映民生疾苦诗(《闻灾二首》)、读书有感(《席上观〈吴越春秋〉有作凡四首》)等。

汪道昆对李白非常尊崇，有两首五古提到李白，分别是《仲子避地海阳，夜梦谪仙见过，衣冠潇洒、颀白美须，振衣盘旋若有所授。既寤，属伯子作诗记之》《登南山过李太白访许宣平故址》。前首诗对李白充满景仰之情："诗亡千载后，大雅复在兹。操觚抗万乘，放达真吾师。"后首诗登故址发思古之幽情，睹景思人，感慨万千："吾党采真游，踟蹰复流涕。刀圭倘可求，羽翼从此逝。"爱人及诗，汪道昆五古风格近李白，风格浪漫，句式整齐，

① 余恕诚.唐诗风貌[M].合肥:安徽大学出版社,1997:223.

不杂乱。李白五古以《古风五十九首》为代表，其诗继承汉魏古诗，内容多咏史、忧世、刺时、游仙、抒怀。李白思想深受老庄影响，其五古诗多采用兴寄手法，表达身世之感和哲理思考。汪道昆亦然，其五古多借历史人物或文学人物有所兴寄，如《门有车马客》四首，出现了干将、五陵侯、李广、田单、曹刿、“赵客”（李白《侠客行》首句“赵客缦胡缨”，汪道昆化用为“犹著缦”胡缨）等人物。借这些人物，汪道昆抒发“僻倪沧海间，侠气未能平”（《门有车马客》其三）的情怀。

类似的还有“如何弃盛年，兀兀甘沉沦。”（《冬日杂诗为仲氏作》）大声疾呼，积极用世。汪道昆对人生的态度是“吾道亦龙蛇，乘时以屈伸”（《冬日杂诗为仲氏作》），借用“龙蛇”典故，阐述“乘时”的思想，与“天下有道则见，无道则隐”（《论语》）近似。《孤愤诗》其五“荣华一朝歇，掉臂无相亲”句，写人情冷暖，世态炎凉，与道家思想中万物变化论庶几近之。和李白五古相似，汪道昆五古的主观性也很强，好用第一人称“我”“伊余”“余”“吾曹”“吾侪”等，带有强烈的个人色彩。当然这也与汪道昆本人的积极用世思想相关。

汪道昆五古工于描绘，长于刻画人物、历史事件、自然风光。语言上喜用古语词，如“刀布”（钱）、“伊余”（我）、“缦胡缨”（代指侠客）等。和他律诗相近，汪道昆五古也喜用叠音词，如“煌煌”“冉冉”“珊珊”“纷纷”“往往”“翩翩”“盈盈”“磷磷”“区区”等，其表达效果与七律相同，兹不赘述。

汪道昆五古不足之处在于不长于抒情，抒情性较弱，很少有感发人心的诗句。汪道昆七古数量不多，共 29 首，其诗语调平稳，词多富赡华丽，多铺排。其风格亦近李白，但没有李白七古诗歌跌宕起伏。儒家积极入世思想对其影响较大，思想比较正。内容上奇正结合，既展示传统的儒家思想，又善于写奇行奇景奇事，如卷一百零八《宝剑篇》，该诗怀戚继光，感情充沛，气势磅礴。全诗如下：

宝剑篇有序

壬戌之秋，元敬入闽三捷。偕余目击闽难，不敌而盟，则以良剑二分佩之：所不徇闽者如此杖。丙寅余释闽事，戊辰元敬入朝，剑始合于虎林，信宿而别。壬申余奉使大阅，再合蓟门。乙酉元敬谢南粤入新都，三合于白榆社。乃今元敬已矣，故剑不知其存亡。余弹铗长歌，盖有感于延陵季子云尔。

将军乘胜奉专征，横海楼船下七闽。行处铙歌朱鹭曲，擎来铁网苍龙精。风胡司鞴星辰落，欧冶临池鳞甲生。湛如芙蓉出秋水，皭如赤电起青萍。于时先登殄水族，鲸鲵流血天吴戮。旧垒骈肩踞自如，新航御尾纷相逐。孤军耐可当两隅，大厦那堪支一木。直须重起伏波军，谁为七日包胥哭？眼中国士但吾曹，转毂长驱同一辐。盘水奉剑千金装，其一雄飞一雌伏。宁须牛耳莅齐盟，各佩鱼肠分比目。白首经营誓不渝，我为召虎君方叔。蹇余辟易承下风，我但守雌君当雄。乞师再至无穷发，居然百胜奏肤公。故侯既已东，上将亦已北。胥命越王台，相将六月息。一飞直指蓬莱巅，一望犹函沧海色。单于掩角结鲜卑，拊髀谁当神武师。召见建章先自献，金城四塞愿当之。帝曰惟汝谐，殊材良不乏。颇牧出禁中，主恩一何洽。郭塞列金汤，材官征韎韐。蚩蚩亶不聪，任耳作眉睫。乃命右司马，仍兼中执法。代朕莅行间，周巡阅兵甲。使者桓桓出蓟门，长杨细柳上朝暾。三军挟纩生春色，千骑浮云奉至尊。杕杜歌，葡萄酒，飨礼成功居首坐。君燕坐藉氍毹，承景含光出坐隅。畴昔有铭威四极，今来南北与君俱。谤箧启中山，戎轩踰大庾，鱼丽偃牂牁，鹰扬媟申吕。愿乞侏儒枵腹归，敢希鸿鹄凌风举。篮舆千里入东林，四望层楼近百寻。城秋好共青天月，阁夜同班绿树阴。扬眉并入庐山社，弹铗聊为梁父吟。斗牛之间仍二子，沧桑未许摧雄心。君盂诸，我歙浦，咫尺延津分水浒。奄忽存亡何足数，遗弓留舄俱千古。谁能招魂为我歌，我欲拔剑为君舞。

上引《宝剑篇》既是解读汪道昆与戚继光生死之交的第一手材料，也是探析汪道昆七言古诗的最佳范本。《宝剑篇》作于 1588 年，之前一年戚继光不幸病逝。诗前小序介绍了汪道昆自壬戌年(1562)起与戚继光相识，经历了丙寅年(1566)的赴闽并肩战斗、戊辰年(1568)“信宿武林”、壬申年(1572)的“再合蓟门”、乙酉年(1585)的“三合白榆社”及而今(1588)的“元敬(戚继光)已矣”等经历，历历往事，一一道来，为读者明晰诗歌创作背景标注了时间刻度，某种意义上来说具有诗史意义。就诗歌内容而言，全诗以“剑”为线索，既写历史上的铸剑名将“风胡”“欧冶”，又阐述了戚继光一生的杀敌报国、戍守边疆的丰功伟绩。情感真挚，令人感动。

又如《天都行送方伯入滇》诗云“境内天都拥帝封，晴云高插青夫容”，景象壮观奇伟。汪道昆七古在整个古体诗中成就最高。

第三节　汪道昆与新安诗群

汪道昆以其较有特色的诗歌理论一定程度上修正了“后七子”复古派的弊端，同时又以丰富的诗歌创作实践了这一理论。汪道昆致仕归乡后，因其热衷参加文学活动，在他的积极推动下，形成了较有影响的诗歌群体——“新安诗群”。

一定地区的区域文化对作家创作思想的影响是十分明显的。唐初魏徵根据南北不同的区域文化特点论文时指出：“江左宫商发越，贵于清绮；河朔词义贞刚，重乎气质。”[①]宋人庄绰也指出：“大抵人性类其风土，西北多山，故其人重厚朴鲁；荆扬多水，其人亦明慧文巧，而患在清浅。”[②]大致说来，北地多阳刚之气，其美学品格为壮美；南方多婉约之美，其美学品格为优美。对于汪道昆所处的晚明诗坛来说也是如此。晚明诗坛按地域划分大致可分为吴中、越中、甬上、公安、竟陵、山左、闽中、松江、岭南、新安十大块。[③] 人以地显，地以人彰。一方面，某一区域因其独特的自然资源禀赋和人文资源底蕴而名扬四海，生活在该区域的文人因此而倍感自豪；另一方面，该地区的具有一定实力的领袖型作家因其自身的名望和人格魅力也会推动和促进该地区文学的传播和影响。对于徽州和汪道昆而言，汪道昆因徽州而闻名遐迩直至流播海外，徽州因汪道昆而更加声名远播。

徽州地区自古文风馥郁，徽州人亦儒亦贾，贾儒结合。商贾家庭出身后又通过科举考试获得功名的汪道昆对此感同身受，多次提及徽州地区（“新都”）为“文献国”，既具有深厚的文化底蕴，又有着坐贾行商的传统：“新都以文献著，斐然与邹鲁同风。其在于今，蔚为首善。里弦户诵，占毕相闻。”（卷四《送张太史奉使归宁为寿序》）“夫新都以文献辅首善，余二百年。”（卷十四《达尊偕老篇》）“新都，故文献国也，都人士犹知昭明。”（卷二十二《文选序》）“新都犹齐鲁也，以文献著邦畿，其民二贾一儒，贾者足当阳

① 魏徵《隋书·文学传序》。

② 庄绰《鸡肋编》卷二。

③ 李圣华.晚明诗歌研究[M].北京：人民文学出版社，2002：5.

翟，以儒皆贾，率坐两端。”（《乡饮三老传》）“新都三贾一儒，要之文献国也。夫贾为厚利，儒为名高。夫人毕事儒不效，则弛儒而张贾。既则身飨其利矣，及为子孙计，宁弛贾而张儒。一张一弛，迭相为用，不万钟则千驷，犹之转毂相巡，岂其单厚然乎哉，择术备矣。”（卷五十二《海阳处士金仲翁配戴氏合葬墓志铭》）不仅如此，汪道昆还从地理环境的角度高度评价徽州地区（“新都”）的山水人文之胜和“握算千里之外”的经商本领：

新都山峭厉，水清激，都人士壹禀于地灵。地秉阴而上跻，故女德滋茂。地道则妻道也，母道也，亦犹之乎臣道也。地主静，不以含弘而废直方。臣主敬，不以鞠躬而废骨鲠。母主慈，不以杯棬而废机杼。妻以顺为正，不以琴瑟而废鸡鸣。至柔而动也刚，至静而德方，是坤道也。新都业贾者十七八，族为贾而隽为儒。因地趋时，则男子所有事。外言入于梱，此无与于窥观。然而巴妇宾秦，礼抗万乘，搰搰然而工货殖，怀清者固如是耶。揆之无成而代有终，殆亦无所逃于天地。故正位乎内，致役乎坤，不出户庭，握算千里之外，胥赖于此。夫坤主利，利居贞。主利则美，利承干，致役则三子为役。六二之动，内直外方，敬胜吉而义胜从。不习而利，皆由此涂出也。

汪道昆从徽州地区独特的地理环境（“山峭厉”“水清激”）出发，论及“地道”，延伸至“妻道”“母道”“臣道”，在此基础上解释了徽人像秦时巴妇清一样，具有卓越的经商才能。

和汪道昆一同参加科举考试的王世贞这样评价汪道昆的开辟新安诗派之功：“新都有诗，自司马始”（卷二十三《汪禹乂集序》）“歙故未有诗，有之，则汪司马伯玉始。”[①]语或夸大，细细思之，然又似乎不无道理。

对王世贞的高度褒奖，汪道昆有着较为清醒的认识，他很谦虚地说：“元美以负俗多禹乂，嘐嘐然少吾乡。其后语潘生，新都有诗自司马始。不佞掩耳而走，何敢与闻。城阳仙也而诗，紫阳儒也而诗，何无诗也。借令一当元美，远之必风雅，必江潭，必河梁，必邺下，必李必杜，必开元。近之必济南，必北地而后称良，则自风雅以及开元，大江以南堇堇耳。元美崛起，庶几乎千古一人。不佞一吷之未遑，其何以张吾郡！……元美衡石古今，独目新都而属不佞。非能诗也，庶几乎可与言诗也与哉。”（卷二十三《汪禹

① 王世贞《弇州山人续稿》卷五十一《潘景升诗稿序》。

义集序》)。在这里,汪道昆扩大了诗歌的范围,他认为"城阳仙也而诗,紫阳儒也而诗"。此处的"城阳"和"紫阳"分别代指唐代隐士许宣平和宋代大儒朱熹。按,"城阳"和"紫阳"都是徽州歙县的地名,属于"西干"一带的著名景点。歙县县城西南方向,一条练江如碧带环绕其中,上有太平桥和紫阳桥,两桥之间的地带旧称"西干"。西干虽然狭小,但"西干诸寺俯瞰练江,依偎披云峰,处在城阳山麓,紧邻紫阳山。该地风景名胜颇多,有李白访许宣平的传说,更有朱韦斋、朱熹父子读书的紫阳书院"①。汪道昆还从"远"到"近"历史的角度探析了诗歌发展地域不平衡的特征(北方盛于南方)。无论历代的"风雅""江潭""河梁""邺下""李杜""开元",还是当下的"济南",都属于"北地而后称良""大江以南堇堇耳"。王世贞的出现,改变了这一现状,故称其为"千古一人"。

事实上,上文提及的汪道昆的观点有偏颇之处。一直以来,中国文学就有"风骚"传统,也就是说,源自北方黄河流域的"风"(代指《诗经》)的传统和源自南方长江流域的"骚"(代指《离骚》)的传统如二水分流,绵延不断,代有胜作。南方的文学长河并非枯竭干涸,而是丰沛充盈,富有生机和活力的。中国文学南北地域的不平衡只不过在有的朝代北方盛于南方,有的朝代南方盛于北方而已。

汪道昆还从诗歌发展史的角度梳理了明代徽州地区诗歌发展的历程,简述了自程诰(自邑)以来该地的诗歌传承情况:

> 自唐失律而诗亡,历五百年而始振,国初犹昧旦也。具曰入室,主奥之谓何?什一由庭,什九由径,即择地而履,其孰能不颇。海内自李献吉出,而后风雅可兴。新都自程自邑受献吉诗,而后徽音可嗣。自邑释七策而操六义,此难与宿学并驱。要以不径而庭,步不愆矣。其后王仲房由诸生起,力求多于杜陵。彼直以献吉为杜陵优,彼直以自邑为献吉唉也。江处士为之衡石,亦既尸自邑而蜕仲房。方中丞有味乎其言,盖一倡而三叹矣。仲房尸祀王孟,呰窳百家。三人者,枹鼓同声,莫不向应。潘象安由王孟进,得此而喜可知。(卷二十四《潘象安诗序》)

① 潘国好.论许承尧《西干志》所辑佛寺诗歌的徽文化特征[J].淮北师范大学学报(哲学社会科学版),2014,35(1):89-93.

程诰师承李梦阳，开启了“徽音”。之后，有王寅（仲房）、方弘静（定之）、江瓘（民莹）等人接踵其后，“枹鼓同声，莫不向应”。潘纬（象安）紧随其后，共同奏响了明代徽州地区诗歌创作的乐章。

汪道昆凭借当时的声名以及个人的文学成就，积极召集同乡参加诗社。据统计与汪道昆有关影响较大的诗社有南屏社、白榆社、丰干社等。①在这些有影响的诗社活动中，汪道昆“虚怀折节，奖引后来”②，吸引了很多文人参加。当时，“王寅、江瓘、汪道会、汪道贯、汪淮、吴守淮、潘之恒、谢陛等人以汪道昆为核心，据区域形成新安诗群。陈田注意到这一活跃在诗坛上的群体，《明诗纪事》称其新安一派。诗群以山人、布衣为主体，而且多数成员出身商贾家庭，甚至包括亦贾、亦士、亦匠的制墨名家方于鲁，可谓特色鲜明”③。

作为一种重要的文学现象，文人结社渊源有自，“诗流结社，自宋、元以来，代有之。迨明庆、历间，白门再会，称极盛矣”④。单就明代而言，文人结社案例众多：“元末至洪武、建文 33 例，永乐至天顺 44 例，成化至正德 99 例，嘉靖 87 例，隆庆、万历 224 例，泰昌至崇祯 198 例”⑤，总数达 685 例。参与结社的文人数量众多，几乎囊括元末至清初较有影响的文学家：“著名者如北郭十子、南园五子、袁凯、闽中十子、三杨、景泰十子、陈献章、李东阳、程敏政、吴宽、王鏊、邵宝、前七子、王阳明、杨慎、顾璘、郑善夫、沈周、文徵明、唐伯虎、李开先、茅坤、归有光、后七子、南园后五子、汪道昆、徐渭、汤显祖、公安三袁、陶望龄、董其昌、王稚登、潘之恒、曹学佺、谢肇淛、钟惺、谭元春、王思任、钱谦益、冯梦龙、张溥、吴伟业、陈子龙、顾炎武、黄宗羲、王夫之、张岱、侯方域，等等。”⑥其中，就有汪道昆。

《太函集》中，汪道昆多次提到组织文人参加诗社活动的盛况，他组织的主要诗社有：丰干社（隆庆元年，1567）⑦、白榆社（万历十一年，1583）、颍

---

① 李圣华. 晚明诗歌研究[M]. 北京：人民文学出版社，2002：376-377.

② 屠隆《由拳集・报汪司马伯玉》。

③ 李圣华. 晚明诗歌研究[M]. 北京：人民文学出版社，2002：56.

④ 朱彝尊. 静志居诗话[M]. 北京：人民文学出版社，1990：649.

⑤ 何宗美. 文学结社与明代文学的演进：上[M]. 北京：人民出版社，2011：9.

⑥ 何宗美. 文学结社与明代文学的演进：上[M]. 北京：人民出版社，2011：21.

⑦ 括号内数字为诗社成立时间，下同。诗社成立时间依：何宗美. 文学结社与明代文学的演进：下[M]. 北京：人民出版社，2011：222-260. 另，颍上社的成立时间参：李玉栓. 李维桢《大泌山房集》中的诗社[J]. 中国文学研究，2010(4)：25-28.

上社（万历十九年，1591）、肇林社（万历十二年，1584），参与戚继光西湖雅集（万历十一年，1583）、卓澄父南屏诗社/西泠社（万历十四年，1586）等。代表作品有《丰干社记》《南屏社记》《寄丰干社诸君子》《北游别社中诸友四首》《同社集竹鱼庄迟宰公不至即事》《宰公举社先发予病目留禖中走讯二首》《社中喜宰公出朝还郡便道省觐》《白榆社成，宰公移置岩溪之上，丁令君帐具落之，属余祭酒得容字》《招长卿入社》《宰公集同社许氏园，分得城字怀梅禹金》《白榆社送余宗汉还闽末章》《宰公从同社诸君子集遂园，分得星字》《白榆社送宰公，席设于桃源别业》《白榆社虚无人喜俞公临再至，以诗招之》等诗文。这些诗文一方面帮助我们解读当时的新安文坛的创作情况，另一方面我们也可以看到汪道昆致仕后借诗文聊以自遣、抒发胸中块垒的目的。

第四章　汪道昆的散文

《太函集》煌煌120卷，其中散文[①]占绝大部分，共105卷。汪道昆散文按文体划分可分为序（包括寿序）、传、行状、墓志铭、墓表、墓碑、碑记、碑、记、铭、箴、颂、赞、诔、祭文、说、论、偈、杂著、跋、议、疏、书牍等。卷帙浩繁，种类繁多。姚鼐《古文辞类纂》旨在为人们提供范文，启示古文写作的门径，将古文分为论辩、序跋、奏议、书说、赠序、诏令、传状、碑志、杂记、箴铭、颂赞、辞赋、哀祭类。上述文体大多数在汪道昆散文中均可以见到。

对汪道昆散文的研究，前贤时哲多将目光聚焦在人物传记方面，尤其是商人传记；至于其他类型的散文，多不置一词。本章将汪道昆放在徽文化的视野下解读其人其文。具体言之，即以徽文化为坐标，分析区域文化对汪道昆的影响及在散文中的具体体现；在此基础上，解读汪道昆的各类散文，分析其思想内容和艺术特色，评析汪道昆散文之得失。

第一节　徽文化视野下的汪道昆散文

从地理上看，汪道昆为徽州人，古徽州独特的区域文化对其思想产生了深刻的影响。

---

① 散文有广义、狭义之分。广义散文指韵文以外的无韵文章。狭义散文则主要指抒情写景的散体文字，即所谓的文艺性散文，此处取其广义（李道英．唐宋古文研究[M]．北京：北京师范大学出版社，2005：2.）。

一、"钻天洞庭遍地徽"

自明代始，在江南各地流传着"钻天洞庭遍地徽"[1]，这一俗语形象地说明了明代同为南直隶的苏州地区和徽州地区商人无所不在的事实。徽商大量出现的原因，顾炎武结合徽州地区特有的地理环境指出：

徽郡系界山谷，土田依原麓曰瘠确，所产至薄，独宜菽麦红虾籼，不宜稻粱。壮夫健牛，日不过数亩，粪拥缉栉，视他郡农力过倍，而所入不当其半。田皆仰高水，故丰年甚少，大都计一岁所入，不能支什之一。小民多执技艺，或负贩就食他郡者常十九；转他郡粟给老幼，自桐江自饶河自宣城者，舰相接肩相摩也。田少而直昂，又生齿日益，庐舍坟墓不毛之地日多。山峭水激，滨河被冲，啮田即废为砂碛，不复成田。以故中家以下，皆无田可业，徽人多商贾，盖其势然也。[2]

人多地少、土地贫瘠，土不给食，徽人不得不背井离乡，外出经商。从此，这个以经营盐、茶叶、典当、木材等为业的商人群体走上了历史舞台，辉煌于明清两代。汪道昆就出生在徽州的一个盐商家庭。

现实生活中徽商的大量出现，在文学作品中也得到很好的反映：明代著名白话短篇小说《三言二拍》中提及的徽商就有 17 篇之多。[3] 在汪道昆本人的作品中也有体现，《太函集》中给徽商作传的传记达 71 篇之多。从某种意义上来说，身为徽商家庭出身的汪道昆成了"新安(即徽州)商人的一个有力的代言人"[4]。

身为徽商家庭的一员，汪道昆对于徽商的生活状态自然十分熟悉："新安多大贾，其居盐筴者最豪，入则击钟，出则连骑，暇则召客高会，侍越女，拥吴姬，四坐尽欢，夜以继日，世所谓芬华盛丽。"(卷二《汪长君论最序》)徽商日常生活潇洒风流，汪道昆引以为豪并身体力行之。

但我们还应清醒地看到，在徽商日常生活潇洒风流的表象之下，徽商

---

① 施里卿《古今奇闻》卷三。

② 顾炎武《天下郡国利病书》卷三十二《江南二十》。

③ 此处数字据朱万曙《明清徽商的壮大与文学的变化》一文所得，其中《三言》9 篇，《二拍》8 篇，计 17 篇(朱万曙.明清徽商的壮大与文学的变化[J].文学遗产，2008(2)：95-104.)

④ 余英时.士与中国文化[M].上海：上海人民出版社，1987：530.

生活的另外一面也需关注。徽商发家致富,其路之艰,常人难以想象,前文提及的徽商程锁就是鲜明的例子。徽商贾道儒行,概而言之主要有抚恤孤寡、兴办义学、赈灾济困、修桥补路等善举。这些善举很好地体现了徽商义利兼顾、以利为主的道德观。

身为商人,徽商并不放弃儒业、专心读书。这样的例子比比皆是:徽商吴伯举贾于扬州时"博古重购商周彝鼎及晋唐以下图书,即有奇,千金勿恤"(卷十五《赠吴伯举》),徽商吴良儒"暇则闭户翻书,摹六书古帖"(卷五十四《明故处士溪阳吴长公墓志铭》),徽商吴邦珍"还老于家,筑室舍旁,聚书万卷。乃悉家人产,授尧臣书,夙夜以身程督之,门外事无所预"(卷六十一《明处士吴邦珍墓表》)。这些例子很好地印证了徽州人所奉行的"几百年人家无非积善,第一等好事只是读书"(黟县西递民居对联)的生活理念。

二、"聚族而居"

众所周知,宗族是指拥有共同祖先的人群集合,通常在同一聚居地,形成大的聚落,属于现代意义上模糊的族群概念。类似的用语还有"家族",小范围内,有时"宗族"和"家族"互相混淆使用。一个宗族通常表现为一个姓氏所并构成的居住聚落;一个宗族可以包括很多家族。"宗族制度起源于奴隶时代的宗法制。它的最大特点是讲究封建等级秩序,以儒家的伦理道德为基础制定族规、家法,以规范约束族人的行为。"[①]

与其他地区相比较而言,徽州的宗族制度带有非常鲜明的"聚族而居"的特点:

> 新安各姓,聚族而居,绝无一杂姓掺入者。其风最为近古。出入齿让,姓各有宗祠统之。岁时伏腊,一姓村中,千丁皆集,祭用文公《家体》,彬彬合度。父老尝谓:新安有数种风俗胜于他邑:千年之冢,不动一抔;千年之族,未尝散处;千载之谱系,丝毫不紊。主仆之严,虽数十世不改,而宵小不敢肆焉。[②]

具体而言,徽州的宗族"其故家遗俗,流风善政,宛然俱在。以言乎派,

① 韩结根.明代徽州文学研究[M].上海:复旦大学出版社,2006:18.
② [清]赵吉士《寄园寄所寄》卷十一《故老杂纪》。

则如江淮河汉，汪汪千顷，会于海而不乱；以言乎宗，则如泰华之松，枝叶繁茂，归一本而无二；言乎世次，则尊卑有定；族居则闾阎辐辏，商贾则云合通津”①。

徽州地区严密有序的宗族组织的形成有两个方面的原因：一方面，此地由一个个狭小而封闭的山间盆地组成，便于中原地区为躲避战乱迁居而来各姓按宗族聚居；另一方面，此地封闭，绝少战乱，各宗族在此稳定的环境下可以瓜瓞绵绵，生存发展。进而言之，“徽州的宗族组织覆盖了整个区域，无一人不在宗族的血缘网络之中，即便外出经商者也不例外。如寓居苏州的歙县的潘氏，分为贵潘与富潘两支。在苏州都有巨大的产业，都建有祠堂，保持宗族组织，与徽州潘氏宗族保持密切联系。这种状况一直保持到 20 世纪中叶土地改革之时”②。

在《太函集》卷二十至卷二十六中有大量为各姓族谱所作的序，如《天宝江氏家谱序》《溪南江氏族谱序》《珰溪金氏族谱序》《长原程氏本支谱序》《太宗吴氏宗谱序》《湖茫李氏三宗谱序》《东冈刘氏族谱序》《本宗十六族谱序》《十六族谱小序》《潜江袁氏家谱序》等。为这些族谱写序十分鲜明地体现了徽州宗族思想对汪道昆的影响。

汪道昆之所以执着于修谱，既有其父的期待，也有族人的期待，还有个人的主观原因。③ 在汪道昆看来，“谱者，史之流也”，其地位可以和孔子作《春秋》相提并论。“仲尼作春秋，合列国而宗鲁。周礼在鲁，于是乎宗，鲁宗而列国举矣。古者国有国史，家亦宜然。”(卷二十一《溪南江氏族谱序》)汪道昆在修谱的过程中，进行一些探索：放弃修统宗谱和通谱，只修本宗谱。通读上述汪道昆的谱序，从中可见汪道昆的谱序观：坚持“谱者，史之流也”的家谱性质论，秉承“重躬行”的家谱收族论，遵循以“重礼”为基础的家谱基础论、只修亲近谱为“传信”的修谱原则、“事核、律严”的家谱评价观。④ 凡此种种，无不体现出汪道昆作为明代家谱编修名家的远见卓识。

徽人“聚族而居”，有利于徽商相互合作，齐心协力，在经商地与其他商帮抗争，以达到与之相抗衡的目的。与此同时，徽商还可以通过聚集族众加强对族众的控制以便在经商地齐心协力经营好自己的商业。徽商吴荣

① 戴廷明、程尚宽《新安名族志》卷首胡晓《序》。

② 唐力行. 明清以来苏州、徽州的区域互动与江南社会的变迁[J]. 史林，2004(2)：1-12，126.

③④ 吴兆龙. 汪道昆的家谱编修活动及其理论成就[D]. 芜湖：安徽师范大学，2012.

让“从诸宗人贾松江”,后来规模扩大,迁徙到浙江桐庐经商。在桐庐吴荣让“立宗祠,祠本宗,置田以共祀事如向法,置门内贫子弟,悉授置事而食之”,每逢朔望日召集诸子弟“举《颜氏家训》徇庭中。诸舍人皆著从事衫,待命庭下,以为常”(卷四十七《明故处士吴公孺人陈氏合葬墓志铭》)。当然,我们也应理性地看到,徽人“聚族而居”的行为不可避免地体现了其封闭性和保守性的一面。

三、新安理学

徽州是理学集大成者朱熹的家乡。汪道昆曾在《汪禹乂集序》中自豪地说:“有宋五大儒,其三则新都之自出。”(《太函集》卷二十三)自南宋以来,在这位理学大师的影响下,徽州地区理学思想得到了极大的发展,朱子的地位得到极大尊崇,甚至被称为“尼山后一圣人”:“据《还古书院志》卷六《传·归仁堂》记载:‘继孔子者,唯我子朱子,尼山之后一圣人也。先师庙跻朱子于十哲之次,岂非以其所昌明者皆千古正学,所称述者皆千圣薪传,本身征民,垂之百世而无弊也与?我新安为朱子桑梓之乡,自虹井发祥以来,久称为‘东南邹鲁’,则是归仁堂奉朱子以配孔子,明尊朱,即所以尊孔,正道脉而定所宗,宁非典之所最巨者耶?’除了在归仁堂尊奉朱子以配孔子外,还古书院还设有德邻祠,‘崇祀本邑先哲,自朱子而后,由宋而元而明,师友渊源,后先辉映,如霞蔚云蒸者共十有七人;国朝讲学诸会宗学正品真者又八人’”。[①] 以朱熹为代表的理学思想在新安地区出现了“师友渊源,后先辉映,如霞蔚云蒸”的盛大场面。

理学思想源自儒家经典,但在道德层面上较传统儒家更强调封建伦理准则,从本质上说“具有稳固和教化人心的作用”[②]。宗族制度中所强调的“敬祖宗、举祭祀、孝父母、序长幼、友兄弟、别夫妇、植贞节”又为理学思想提供了更为现实的生活模式。二者结合,互动互补,相得益彰。

新安理学的繁荣固然一方面与徽州特有的地域文化环境有关,另一方面也与明朝统治者的大力提倡有关,如明初朱元璋就大力提倡演出鼓吹忠

---

① 张绪.论施璜对清初徽州理学及书院文化的贡献与影响[J].安徽大学学报(哲学社会科学版),2015,39(1):94-99.

② 杨东兴.《琵琶记》作者高明的科举情结及其成因[J].乐山师范学院学报,2019,34(9):19-23.

臣贞妇孝子题材的《琵琶记》。他对其盛赞道："《五经》《四书》，布、帛、菽、粟也，家家皆有；高明《琵琶记》，如山珍、海错，贵富家不可无。"[1]

上有所好，下必甚焉。在《太函集》中，汪道昆说："新安多世家强盛，其居室大抵务壮丽，然而子孙能世守之，视四方最久远，此遵何德哉！新安自昔礼义之国，习于人伦，即布衣编氓，途巷相遇，无论期功强近，尊卑少长以齿。此其遗俗醇厚，而揖让之风行，故以久特闻贤于四方。"（《太函集》卷一）汪氏将"世家强盛"与"礼仪之国，习于人伦"相提并论，足以看出徽州地区鲜明的宗族文化与盛行的理学思想之间的密切联系。换而言之，"徽州宗族社会形成的过程，也是一个文化变迁的过程。中原士族在徽州复制的宗族生活，是酿造程朱理学的酵母；反之，程朱理学又加固了徽州的宗族秩序。新安文化的内核就是程朱理学酿造出的宗族文化"[2]。

新安理学思想的发展，在现实生活中不仅要求臣子尽忠，更鼓吹女子守节。今天徽州地区依然耸立的一座座森然林立的贞节牌坊就是这一思想的活的历史文物见证。

在汪道昆的文章中，我们依然可以看到很多鼓吹女子守节、为女子守节旌表的文章：《郑麒妻罗氏贞节传》《孙节妇范氏传》《汪烈女传》《明故孙节妇墓志铭》《明故节孝妇胡母汪氏墓志铭》《季从弟汪道耆祔旌表贞节未婚妻方氏合葬墓志铭》《明故旌表节妇封太安人凌母张氏墓表》《祭烈妇孙氏文》《祭方烈女文》《烈女诗》等。

除此之外，徽商喜欢收藏文物的习俗也在汪道昆的散文中有所体现。徽人喜鉴藏，有人认为自汪道昆兄弟始：

> 余至溪南借观吴氏玩物，十有二日，应接不暇，如走马看花，抑何多也！据三益曰：吴氏藏物十散其六矣。忆昔我徽之盛，莫如休、歙二县，而雅俗之分，在于古玩之有无，故不惜重值，争而收入。时四方货玩者闻风奔至，行商于外者搜寻而归，因此所得甚多。其风始开于汪司马兄弟，行于溪南吴氏，丛睦坊汪氏继之，余乡商山吴氏、休邑朱氏、居安黄氏、榆村程氏，所得皆为海内名器，至今日渐次散去。计其得失不满百年，可见物有聚散，理所必然。[3]

---

[1] 徐渭．南词叙录[M]．李复波，熊澄宇，注释．北京：中国戏剧出版社，1989：6.

[2] 唐力行．明清以来苏州、徽州的区域互动与江南社会的变迁[J]．史林，2004(2)：1-12，126.

[3] 吴其贞．书画记[M]沈阳：辽宁教育出版社，2000：63.

所谓"其风开于汪司马兄弟"，指的是明中叶以来，徽地富商大贾热衷鉴藏，汪道昆、汪道贯兄弟二人首开其风，具有引领作用。在汪道昆的笔下，也出现了"不喜为儒"，喜欢"游诸名家，购古图画尊彝，一当意而贾什倍"的徽商之子吴用良：

> 吴仲子用良，名继佐。大父以季叔贵，赠中书舍人。父曰源，授光禄寺监事。两世以巨万倾县，出贾江淮吴越，以盐筴刀布倾东南。光禄子七人，人人若干万矣。用良庶也，范母子之。伯兄廪诸生，不遑受贾。用良籍太学，顾不喜为儒。父将授以利权，则又以善病谢不任。久之，面目黧黑，乃从方士学养生。舍后治圃一区，命曰玄圃。居常艺花卉，树竹箭，畜鱼鸟，充牣其中。每得拳石巉岩，蟠根诘屈，不啻珊瑚木难。主人黄冠而肃羽，人以为上客。既又岩栖白岳，筑斗室以当望仙。时而出王，于是乎尸居，此一息也。其客虎林，受一廛吴山下，竹石亭榭，视玄圃有加，则再息也。广陵故有别业，侈于虎林，盖息趼者三。复归玄圃，要之近者主减，远者主盈。减则新成，盈则旧贯，无暴施矣。至其出入吴会，游诸名家，购古图画尊彝，一当意而贾什倍。自言出百金而内千古，直将与古为徒，何不用也！（卷五十二《明故太学生吴用良墓志铭》）

作为徽商之子，吴用良既不像父辈那样业贾，也"不喜为儒"，而是愿意学方士养生，热衷于"艺花卉，树竹箭，畜鱼鸟"，展现出了徽商子弟耽于古玩字画、追求闲适生活的另外一面。

以上以徽文化为视角，择其要者解读汪道昆散文。身为徽人，徽文化对其的影响无处不在。下文将结合具体的篇目从文体的角度分别论述之。

第二节 汪道昆散文的主要内容

汪道昆散文中涉及的题材内容较为广泛，《太函集》中大量的序跋、传状、碑志、游记等记载了汪道昆与当时的文人、官员、武将的交际活动，内容丰富。以下分别从文体角度论述之。

一、序跋文

《太函集》中数量较多的是序跋。按内容划分，可分为赠序、寿序、诗文序三种。

如朱元璋就指出："《五经》《四书》如五谷，家家不可缺；高明《琵琶记》如珍馐百味，富贵家岂可缺耶！"

其中寿序也可归为赠序，只不过因赠与对象、写作内容较为特殊，故分别论之。

一般来说，赠序对象为亲友，内容多是对于所赠亲友的赞许、推重或勉励，汪道昆也不例外，但表现出一定的识见。

如论述何为"廉吏"这个问题，世人"以不贪为廉，硁硁乎其小也。吾以不欲为廉，皓皓乎其至也"。（卷六《送太守徐公副山东序》）盖"不贪"者"汲汲乎廉士之名，其欲奢矣"；而"不欲"者"不揣上指，不渎下交，不市私恩，不猎民誉，去名如去利，终不以小廉自矜"。进而言之，"无欲可以作圣。无欲则明，明则通。无欲则公，公则溥"。

在论述"为政"这个问题，汪道昆在《送刘使君东巡序》中以主客问答的形式，将"为政"与"牧马"相比："譬之牧马，圉长察马之肥瘠以课圉人之勤惰，即日月一至，刍牧善而马肥。假令恶圉人之不共而以身摄其事，则一马饱十马饥矣。故知牧马者可以牧天下：去其害马者是也。"为政者为政时在处理"宽""猛"的问题时也很矛盾："用猛则残，用宽则慢；慢则无法，残则无民。解决的办法是"正直忠厚为务。"（卷三《送部使者陈公还朝序》）"正直"则能谨严，"忠厚"则能爱民。二者兼得，为政之道也。

多年的仕宦生涯使汪道昆对用人问题也很关注，有自己的心得体会。汪道昆以为："当世之论才者二：下之在于利达，而以巧捷辨给为能；上之在于名高，而以皎皎者为奇节。此两者皆非也。"面对这种现象，汪道昆认为要"本之性情而因应以成务"，并举"郢人灭垩"的故事希望"用人者忘其才"。唯其如此，方能"顺事而无迹"（卷一《送方伯游公序》）。

作为有着丰富经验的武将，汪道昆对当时的军事政策大为不满，认为没有早作准备，防患于未然，只能疲于应付："岛夷犯吴越，则备吴越；犯江淮，则备江淮；既而犯闽海，则又备闽海。夫备弛则来，备张则去，此夷情也。寇至而备,失先事也”,将这种现象比作“见兔而顾犬者也”。同时,作者提出让人耳目一新的战争观:“百战百胜,孰若不战之善也。”(卷一《送萧将军赴南海序》)反对战争,有一定的人文关怀色彩。

古代文人经常面临一个困惑:“忠”与“孝”的矛盾。这一困惑,汪道昆在《送苏使君归省序》一文中作了深刻的分析。苏使君(苏烈)有老母,苏愿意回家归养老母,母不许,让其继续为官。对此,汪道昆评论道:“嗟乎!人情之处骨肉,宜莫如母子。亲子朝而出则夕以思,暮而出则朝以思。唯于仕则否,盖亲将以不朽者蕲其子,子将以不匮者宁其亲。”父母希望子女“尽忠”,以达“不朽”这一目标。换而言之,“欲子以善养,无宁以禄养”。盖为官必有声名,其名可以显亲;为官必有俸禄,其禄可以养亲。在“忠”“孝”二者不可以得兼的情况下,舍“孝”选“忠”,“尽忠”也是“尽孝”。这一识见比较高明,一定程度上回答了文人的困惑。

“伴君如伴虎”,君臣关系的相处也是一个棘手的问题。治河能臣大司空朱衡欲告老还乡,经过再疏,皇帝许可之。对这一事件,汪道昆认为“君臣之义”在于要“善始善终”“人臣不贵任职,贵不自功;不患不得君,而患不得志”“下之不伐其功,上之不违其志”。(卷三《送太子太保工部尚书万安朱公致仕南还序》)当然,朱衡乞求告老还乡是不得已而为之,因其为人耿直,治理河道时禁止工役,裁抑浮费,节省甚多,故遭人弹劾。不得已乞疏回乡,既给帝王面子,又能安度晚年,符合“君臣之义”。离开魏阙回归山林,也就是“去”的问题,汪道昆以为:“古人之去者三:不得其时则去,不得其职则去,老则去。”(卷二《送方伯曾公序》)除此之外,还有一种“中道而去”,也就是急流勇退。对此汪道昆深表理解:“进则陈力就列而竭忠贞,退则抗志洁身而秉高尚”,仕途险恶,非道中人不知也。曾公选择“中道而去”,汪道昆以“怦怦心动”感慨系之。换而言之,“去”也就是“隐”,“古之人,或以渔隐,或以樵隐,或以猎隐”,汪道昆还提出了“贾隐”的生活模式,并认为“宁以贾隐禅,毋以禅隐贾”。(卷六《赠居士叔序》)

汪道昆深受佛教影响,在其诗文中均有体现。但他能入乎其内,出乎其外,他不愿做个“中人以上”的“信之者”,而要做个“疑之者”(卷六《肇林赠言》)对儒佛二者之间的关系,他也能有自己的看法:“夫释氏宗佛,儒宗圣人……少林、曹溪,则颜、孟也。支遁、惠远,则左、史也。”(同上)儒、佛相通,共同点是“躬行”。相信某种思想,很容易党同伐异,是己而非人。汪道昆对佛法的认识能够做到融通无碍，不执于一端。

身为徽人，出身徽商，汪道昆对于徽商的生活状态自然十分熟悉："新安多大贾，其居盐策者最豪，入则击钟，出则连骑，暇则召客高会，侍越女，拥吴姬，四座尽欢，夜以继日，世所谓芬华盛丽。"（卷二《汪长君论最序》）徽商日常生活潇洒风流，汪道昆引之为豪。

汪道昆寿序所赠对象为年高德重之友人或达官显宦之家人，多为其五十、六十、七十、八十、九十寿辰所作。所赠对象多为一人，也有夫妇并赠，如《潘次公夫妇九十寿序》《寿永嘉王长公暨林夫人偕老序》《天逸篇寿殷计相暨庄夫人百五十岁》等。

一般来说，写寿序应对所写对象熟悉，和所写对象有一定情谊，不是阿谀奉承、虚于应付之作。汪道昆所写寿序多为乡贤亲友，即使是为达官贵人所作，也有自己的真情实感。如为胡宗宪五十寿辰所作的《奉寿大司马胡公序》：

> 夫大司马胡公者，则世所谓社稷之臣乎哉！自今上中兴，盖四十年所矣，海内兵革不试，疆事乃兴。大司马有文武材，往往以军功显。上多其伐，遂进常伯，列三孤。今年公春秋财五十耳，其勋名福泽，所谓天授者，非耶？
>
> 昔宣王兴周，修文武之业，底顺治威严之绩，治至盛也。彼其奔走御侮之士，接奸而起，并力而推毂之。当是时，出纳则仲山甫，藩翰则申伯、甫侯，平淮夷则召、穆公，修戎事则南仲，南征则方叔，北伐玁狁则尹吉甫，莫不毕力极能，以尊社稷。夫然后共和之治，焕然与文武同风。虽其顺治威严本之乎主德，而人各以其材用职，宁讵非三代之英乎？
>
> 大司马胡公以材重当世久矣。初，公为直指使，数以直言决策，名震京师。会虏急云中，则以公按云中。虏闻而改谋由蓟门入，公擐甲护云中，诸将却虏郊关。三苗数苦楚，楚不得休，公又以按部定楚。会岛夷龋龀吴越，当事者无尺寸功，上簿责且严，则又以公按浙。公出奇略，行反间，俘其渠率，举夷部歼焉，于是东南之民始得帖席。顷者流贼入江西诸郡，则又命公以节制平之。公以一身而系四方，盖若此其重矣。夫直言决策，则仲山甫之任也。护军距虏，则尹吉甫、南仲之烈也。弥兵端，遏乱略，则方、召之伐也。东南开府，而吴、楚、闽、越数千

里之地赖之以为安,则申伯、甫侯之庸也。彼所谓三代之英,各以其材用职,然犹足以树勋于王室,著名于春秋。以一人而兼举之,其卓伟可知矣。即今上文武圣神过宣王远甚,奔走御侮,不谓无人,而积事成功,公于当世无两矣。

古者五十始服官政,盖必得长年习事者而后任之。“方叔元老,克壮其猷”,固非虚语。公抱不世出之才,佐中兴之治,行年五十而勋业烂焉,此难以人力致也。盖天为社稷而生,圣人建中兴之治,则必为社稷而生大司马,使之保盛治于无疆,维岳降神,保兹天子。申伯、仲山甫是已。谓之天授,岂不然哉?

邑人黄生,公通家子也。黄生将为公寿,介乡人之有辞者为酌者先。下吏方负羁绁以从公,恶敢缓颊公所?黄生谓:“否。公雅谓伯子有辞,毋距公命。窃惟申甫、方召之属,徒效一官之能,收一旅之捷,诗人犹或多之。我公劳苦功高,视数君子者不啻海若之遇河伯耳。厥有作颂,穆如清风,以旌公伐,不知其几何人也。”即下吏无言,言亦安能得一当公乎?

此文作于嘉靖十一年(1562),该年既是胡宗宪五十寿辰之年,也是汪道昆与戚继光共事的开始之年。在这篇寿序中,汪道昆称颂胡宗宪为“社稷之臣”。胡宗宪像周宣王时的尹吉甫、南仲抗击玁狁一样立下赫赫战功,也像周宣王时的方叔、召公那样有征伐之功,还像周宣王时的申伯、甫侯那样的贤臣辅佐君王保一方平安,洵为“三代之英”。上述六人,单就任何一人而言,其功勋即可名垂青史、彪炳千秋,而胡以“以一人而兼举之,其卓伟可知”。汪道昆以饱含深情的语调一一历叙胡的赫赫军功、“直言决策”,所言非虚。回看历史,古人因年龄原因五十之后方可有机会“服官政”,而胡宗宪年刚到五十即有如此卓越功勋,十分难得,可谓“天授”。鉴于汪道昆和胡宗宪同乡同僚关系,相互之间比较熟悉,故所作寿序比较客观,虽有称颂,但无溢美之词。

给普通人物写寿序汪道昆则抓住所写对象的特点,如《洪母六十寿序》,该寿序对象生活很不幸,夫、子俱亡,留有一孙一媳,其媳为汪道昆堂妹。汪道昆写此寿序主要褒扬其勤勉操持家业,“一身而系二世”。又如《殷王母九十寿序》,该寿序为同乡殷养实之祖母所作。殷父母早逝,幸赖祖母养其成人。学而优则仕,可仕成之后,“子欲养亲而亲不待”。汪道昆对此感触道:“而仕即得具父母者什五一人,具大父母者什百一人也。”养实不幸,早年失去父母;养实幸矣,祖母九十仍健在。汪道昆仕成而祖母逝,触景生情,“怦怦心动”。又因与殷有手足之情,故认为“诸父则父,诸母则母,诸王母则王母”。人伦之情,于此略见一斑。再如《佘母七十寿序》一文中,汪道昆抓住寿主能“容”这一特点,以“说《易》者”的口吻谈及“地道”“臣道”“妻道”,指出三者共通的地方是能“容”:地能“容”故为“万物母”;臣能“容”则能“保天下”;妻能“容”则“家无间”。佘母“一视而同心”,无论嫡出、庶出,均如己出。如此,则“诸子济济,愉愉门内,殷殷盛矣”。进而言之,“臣良寿国,妻良寿家”。汪道昆深受徽文化思想影响,对此懿行多加揄扬。

“仁者寿”,古人作寿序多论其“仁”,汪道昆对此作进一步分析。他认为有“数世之仁”和“终身之仁”两种:前者是“贻厥孙谋,以燕翼子”,后者是“我躬不阅,遑恤其后”;前者以张仲为代表,后者以聂师道为代表。在《北山方长公六十寿序》一文中,汪道昆对其“仁”作精彩描写:方因仰慕张仲孝友,其堂命名为“景张”。日常生活中,“务躬行为率,父视诸父,子视诸子。仲氏见倍,长公守之不衰。遇宗人近属,无亲疏少长,必以情;遇外氏亲,自始以迄终身,必以礼;乡邻解纷,必以信。岁大疫,设糜粥饷诸疾苦,必身亲之。择地而行,庶几处士之义”。

徽文化中新安医学自有其一席之地,医家地位很重要,所谓“良相良医”是也。汪道昆借家大夫之口谈新安名医吴洋医术:“余(家大夫)观吴长公(洋)治疾,譬则晏婴相齐,子产相郑,暗可使显,弱可使强,一何伟也。”(卷十一《寿吴氏叔五十序》)同时,汪道昆还指出医、儒二者有相通之处:《黄帝》犹六经,张仲景犹“医门之孟子”。将医、儒二者等同,提升了医家的地位。

饱受争议的为张居正父亲七十寿辰所写的《封柱国少师张公七十寿序》一文,该序一方面评价了寿主张文明的高贵品质:“无成心,无德色,无溢喜,无私忧”;另一方面也极尽吹捧之能事,语多阿谀:“先生泠然而风行,昂昂然而玉立,皭然而蝉蜕尘埃之表,皞然而游物之初,盱盱然而道存,栩栩然而自适。其肌肤若姑射,其讬宿若庚桑,其视治天下若土苴,视生民若刍狗。凝其神,充其气,其殆糠秕尧、舜而役夷、光,吾将以为天游,吾将以为龙德,然而未既也。”甚至很肉麻地写道:“故殆丈国之年,犹有婴儿之色。”纯用庄子语言,但缺乏真情实感,实为败笔。

汪道昆诗文序代表作品有《秦汉文钞序》《顾圣少诗集序》《留醉轩集序》《歌世德诗序》《孤愤集序》《杨忠愍公集序》《青萝馆诗集序》《文选序》《弇州山人四部稿序》《陈达甫集序》《副墨自序》《五岳山人后集序》《唐诗类苑序》《汪禹乂集序》《梅花阁集小序》《骚选序》《姜太史文集序》《沈纯父行戍稿序》《潘象安诗序》《少室山房续稿序》《诗纪序》等。这些诗文序一方面反映了当时文坛创作的实际状况,另一方面也体现了汪道昆的诗文思想。汪道昆诗文序所作对象多为斯时文坛较有影响者,如王世贞、胡应麟、姜宝、龙膺等,也有为同乡所作,如汪禹乂、陈达甫等,还有自序作品,如《副墨自序》。

汪道昆诗文序为我们勾勒出明中期文坛创作概貌:"于时济南则李于鳞,江左则王元美,画地而衡南北,递为桓文。"(卷二十二《弇州山人四部稿序》)对当时文坛领袖李攀龙、王世贞二人进行比较:"大较,于鳞之业专,专则精而独至;元美之才敏,敏则洽而旁通;济南奇绝,天际峨嵋,语孤高也。大海回澜,则元美自道,不亦洋洋乎大哉!"对李、王二人创作特点进行比较,洵为的论。

在为戚继光而作的《止止堂集序》一文中,汪道昆阐述新的人才观:"当世不患无全材,而患无真材。文武具足之谓全,讨平战克,则其真也。概诸华实之辨,与其全也宁真。真者未必全,犹足赖也。猥云得全,而失真矣,奚足赖邪!"戚继光"兼此而足术":既是"真材",有"讨平战克"之功为证;又是"全材",文韬武略,诗剑风流。戚继光为"全真"之材,汪道昆何尝不是如此!

汪道昆诗文序还涉及对文体的评价,如《五岳山人尺牍序》一文中论及尺牍这种文体:"尺牍,辞命之流也,孔子自道未能。修辞之谓文,文则吾犹人矣。文、辞一轨也,同归而殊途。文胜则害辞,辞不达则文无当。辞尚体要,故其法严,厥有左氏。辞各指其所之,故其义较著,厥有李斯贾谊,邹阳司马迁。要之,陈词务尽忠,属辞务尽意,文在其中矣,辞毕用也。而尺牍之体稍与文殊,犹之竹然,猗猗乎其筠也,与草木殊;犹之鱼矣,悠悠乎其泳也,与鸟兽殊,渭云总总阒阒,区以别矣。"对尺牍文的源流及其文体特点作了较为详尽的论述和辨析。

汪道昆对自己的衡文论诗的能力颇为自信:"不佞非能诗也,庶几乎可与言诗也与哉。"(卷二十三《汪禹乂集序》)汪道昆衡文论诗,其主要思想前文已经述及，兹不再赘。

二、传状文

汪道昆散文中，传状最为光彩夺目，成就最高，也多为研究者推崇。前文汪道昆研究现状中提到有两篇硕士论文即以汪道昆传状文为研究对象或主要研究对象的。概而言之，汪道昆传状文共112篇，其中传85篇，状27篇，传多于状。从所写对象看，传状对象职业多样，身份各异，有山人、将军、庖人、医家、节妇、商人等，其中又以商人为著。从地域角度看，汪道昆传状对象多为徽人。明中叶以来，商品经济繁荣，商人地位提高，为商人作传的文学作品也渐渐多了起来。汪道昆身为徽人，出身徽商，为徽商作传，作品大多肯定"称赞了传主的经商行为，而不带传统的偏见"[①]。

从数量上来看，"在汪道昆的《太函集》中，有传记文（包括传、行传、墓志铭、墓碑、神道碑）212篇，其中为商人及其家庭成员所作就有112篇（传主是商人的77篇；其余为商人家庭成员，如父母亲及妻子等），超过了传记文总数的50%。另外，还有为商人或其父母亲所写的33篇寿序或赠序，其中大部分都有关于商人生平事迹的记载与描述"[②]。而同期的王世贞虽有大量为商人作传的文章，但不及汪道昆数量之多。有学者作出统计，在王世贞《弇州山人四部稿》中，有传记文90篇，为商人作15篇，约占总数的16.6%；《弇州山人续稿》有传记250篇，为商人所作44篇，约占总数的17.6%。[③]其差距由此可见。

汪道昆尝谓"阅人多矣"（卷三十五《方君在传》），其传状文多能抓住人物的性格特征，刻画出人物形象。如《许本善传》，写豪纵不羁而又英年早逝的徽商许谷："仲即谷（许谷），字本善，生而丰下，魁然丈夫。少以技击豪，既壮硕，益轻捷，挺一剑作盘旋舞，睨者莫得其瑕，马上横槊，绝尘而奔，挽五石石弓，无不中……负不羁，且格猛噬。尝被酒卧岭北，虎以食犬后至。枕其胫而觉之，起而熟视曰：'彼无忮心，乘卧杀之，不武。'遂舍之去。人以为神。比入少年场，则比竹投壶，讴歌蹴鞠，无不中节。雅言：'隆准公

---

① 陈建华.中国江浙地区十四至十七世纪社会意识与文学[M].上海：学林出版社，1992：82.

② 韩结根.明代徽州文学研究[M].上海：复旦大学出版社，2006：217-218.

③ 陈建华.中国江浙地区十四至十七世纪社会意识与文学[M].上海：学林出版社，1992：335.

大度，彼儒冠安足溺哉！'故薄为儒，及谢县大夫，黜训诂而理章句，乃更为文公《小学》，故不袭陈言，行吟里中，一禀于自适。将服贾，资斧不具，伯予千金。乃贩缯航海而贾岛中，赢得百倍，舟薄浯溆，群盗悉掠之。伯再予千金，就近市贾，适岁凶，民有殍，悉发窖粟以赈嗷嗷。伯三予千金，无德色。仲乃择地而贾，贾就李之皂林。仲始至，诸三老豪杰争以牛酒劳之，仲递酾百觚。会暑甚，以厥暴死。其年庚午，当敦火中。其生与余同年同月同旬，先余五日耳。行年未艾，乃即首丘，惜也！"在此，汪道昆不囿于传统的道德观，大胆肯定许谷狂傲不羁、鄙视俗儒、仗义疏财的个性行为。在文章最后，汪道昆将许谷与历史上深受周亚夫赏识的侠客剧孟相提并论，激赏之情不言而喻："剧孟匹夫，条侯得之，如得一敌国。然以侠终，则偏师也。本善以布衣画策，抑孰知其雌雄？及三策毕行，功见言信，卒之引身而退，一龙一蛇。"

针对当时官场现状，在《程汉阳传》一文中，汪道昆提出了"墨吏"和"奸吏"的概念："吏者不为厚利则为名高。彼其营营为厚利，不遑恤名，墨吏也；营营为名高，因而罔利，奸吏也。当世以墨败者什七八，以奸败者曾不能什二三。"与前两者不同，程汉阳则属于第三类："廉吏"。程汉阳乃汪道昆同乡，汪道昆赞其为政干练，政绩显著，致仕后又能"循礼"，养弟遗孤，能"力三五亩钟之田""家食而自食其力"。对此人此行，汪道昆以"汉阳倔强，海内无两"目之，可谓不刊之论。

在汪道昆的传状文中，一些不蹈常规、鄙视世俗毁誉、注重信义之人经常见诸笔端，大盐商吴时英（伯举）即为一例。吴时英科场不利，遂行商贾之道，能"不曲而通，不游而节。"（卷三十七《吴伯举传》，下同）日常生活中吴时英"时而结客，时而解纷，时而游闲，时而课子"，商业事务交给"掌计"（相当于今日的职业经理人）打理。掌计"阴借伯举名贷盐策累万六千缗"，后无力偿还。债主索债，有人"耳语伯举：'亦彼责彼偿尔，公何与焉？'"对此良好"建议"，伯举笑曰："诸长老挈累万而贷不知者，何人信吾名也？吾党因而为僭，而吾以僭乘之，其曲在我，是曰倍德，倍德不祥。"回去后如数归还欠债，且"无所问"，颇重商业伦理道德。遇灾荒之年，吴时英能行善举，"设糜餔饿者，日尽数钟"。吴时英注重自我价值，不管他人毁誉，其日常所为，里翁以"癖矣""佻矣""汰矣"斥之，而吴依然故我。对此，汪道昆评论道："伯举以癖闻，卒能以失为得；以佻闻，卒能倾五陵豪；以汰闻，卒能得士而食其报。彼规规然操咫尺者,恶可与同日语哉?"类似的还有《吴子钦传》(卷二十八),该文写吴子钦鄙视功名,"舍业而习技击",成为有名的侠客。吴子钦有豪侠之气,"出入着窄衫,袖双铁尺,人有急,辄赴之"。可惜"中道而夭",汪道昆赞之以"布衣之豪"。

汪道昆的一些传状文写到自己对亲人的不舍和怀念,如为其祖父所作的《先大父状》,为其祖母所作的《先大母状》,为其姊而作的《罗氏姊状》,为叔母而作的《从叔母吴孺人状》,为其父所作的《先府君状》,为其弟所作的《仲弟仲淹状》等。这些作品或回顾往日生活场景,或追忆逝者音容笑貌,或抒发作者深切思念,语短情深,令人感动。如《罗氏姊状》一文回忆姐姐生前在娘家的幼时生活场景:"(姐弟)两人始能言,大父母、父母辄教之让食,至必举箸分啖之,毋敢专器。或饭饼饵,剖而授之半,毋敢取完。即怀甘毳自外来,两人交相让也,毋敢自食。举宗长老皆喜,谓他兄弟莫如两人亲。虽大父母、父母亦心予之,欢甚矣。"回忆儿时,姐弟之间谦和有礼,相处融洽;忆及当下,姐姐已去世(殁年仅20岁)25年矣,"惧其质行将湮没,为之状以俟之"。其情其景,何以堪之!

汪道昆还为一些具有一技之长的下层人物作传,如"少负意气,务上人"的琵琶手查鼐(卷二十八《查八十传》)、擅长小儿医的医家丁瓒(卷三十八《丁海仙传》)、"善治庖"的庖人吴三五(卷二十七《庖人传》)等。汪道昆为这类下层人物作传,近似于《史记》中司马迁"为闾巷之人作传",不让这些有奇行异术的人物被历史的烟尘埋没。这些为下层人物作传的文章中,最有特色的是《庖人传》:

> 庖人吴三五者,婺浦阳人也。以屠为事,善治庖。韩长公为浦阳令,喜宾客,令置酒,召三五为具,数当令意。
>
> 三五时时给事县中,令察三五驯谨,不谯让。壬子冬十二月,三五从令上计,至彭城,黄河冰,不得渡。度且失期,泗上亭长请令曰:"旦日第开冰度。"令信之。旦甚寒,会泗水大至,舟半渡,冰合上流。冰如矢石下,击破舟,徒属皆号泣,挣脱死。令弃舟走冰上。冰解,令出没水中者三,令舍人韩禄下索令,令执舍人手,俱不得济。三五顿足曰:"公死矣,倍公不祥。"乃赴令。令呵止三五:"毋俱死。"三五又溺,一丈夫临泗上,垂绠下,三人引绠,赖不没。舍人大呼曰:"我公贵人,活我公者予百金。"于是船人崔桐刺船开冰来,出三五。三五谢曰:"臣死且

不恨，亟活我公。我公长者也。”崔桐出令，载楼船中。次出舍人，次出三五。三五死矣。无何，令活。令仰天哭曰：“嗟乎！三五从予千里游，奈何以余故三五哉！”乃倾橐中金治丧具，葬三五彭城西云。

汪子曰：吴三五，市井之鄙细人也。方其鼓刀以屠，碌碌未有奇节。及事令，不见知。一旦急令之危，顾倾以为令死，虽烈丈夫何加焉！余过浦阳，其俗龊龊纤啬，少壮士，令独能得死士，则自令贤矣。

细读《庖人传》，以下几点需要关注：

一是人物形象鲜活。身为“鄙细人”的庖人吴三五，能够在危急时刻，舍身救主，洵为不易。面对巨冰击破舟船的生死存亡之际，众人手足无措、“号泣”、争相逃亡时，吴三五没有豪言壮语，而是以“公死矣，倍公不祥”表达决心，不顾自身安危救助县令韩长公(叔阳)。除吴三五外，韩叔阳的形象也较为鲜活，身陷险境自顾不暇时，仍阻止吴三五救助，理由是“毋俱死”，重视下人安危，不自私惜命。因吴三五为救自己英勇献身，韩叔阳仰天哭泣，并倾尽资财安葬。如此知恩图报之举，惺惺相惜，不负吴三五的英勇壮举。他如舍人在危急时刻的大声疾呼，许以重金悬赏等也令人印象深刻。

二是善用对比映照。如前所述，吴三五为“鄙细人”，终其一生从事“鼓刀以屠”的贱业，“碌碌未有奇节”，但能够在关键时刻舍身救人。这样的壮举，即使是“烈丈夫”也不过如此。与之形成对比的是，浦阳其俗“龊龊纤啬”，其地“少壮士”，而吴三五似乎是个例外，他的壮举既与自身的道德素养有关，又得益于县令韩叔阳的贤达英明、知人识人(“令察三五驯谨，不谯让”)。

三是文体相互渗透。以文体论之，《庖人传》当属散文，但此文“情节生动，有若小说”[①]。一般来说，小说应含人物、环境、情节三要素，以此考察，《庖人传》虽不足五百字，寥寥数语，但人物形象鲜明(前文已述)、环境具体(冬十二月，黄河结冰不得渡河)、情节生动(吴三五舍身救人)，三者皆备，体现了小说、散文两种文体的相互渗透。

概而言之，汪道昆的传状文成就很高，人物身份各异，品行各端，汪道昆或赞其孝行，或赏其豪侠，或奖其清廉，或壮其脱俗，或夸其节烈，或扬其

---

① 徐朔方.晚明曲家年谱：第三卷[M].杭州：浙江古籍出版社，1993：20.

儒雅。一个个小人物在汪道昆笔下得以活现，一桩桩嘉言懿行在汪道昆文中得以书写。

三、碑志文

“碑传文可分为传状、碑志、哀祭三个大类”[①]，目前学界对汪道昆碑传文的研究存在以下三个方面的不足：

其一，大多数针对汪道昆碑传文的研究，都侧重于以汪道昆碑传中反映的史实为材料，讨论明代中后期中国社会经济发展特别是商业发展的情况（尽管这也是非常重要的），从经济史、商业史的角度出发为多，而缺乏对于汪道昆碑传文本身的本体性研究。其二，从文体上看，大多数研究者进行的是“传记研究”，即只关注卷二七到卷四十“传”的部分，至多涉及卷四三到卷四四“行状”（传状）部分，而数量更多、内容更加复杂的“墓志铭”（卷四五至卷六〇）、“墓表”（卷六一至卷六二）、“神道碑”（卷六七）以及祭文、哀辞、像赞等则一直被忽视。尽管在史料价值上传和行状可能更直捷，但碑传文作为一个有机的整体，其包含的各种文体在写作目的和写作手法上既有其相通之处又有相异之处，故碑传文的整体性研究也不可或缺；特别是墓志铭、神道碑，史料价值同样很高，而按谱填词的要求不像传和行状那样严格，作者叙事、行情的形式要更灵活一些，更能表现作者的写作个性。其三，从传主身份上看，以往的研究只有少数传主为历史名人（如戚继光、徐中行）或特定身份（如商人）的碑传获得了较高注度，而汪道昆为其他普通人物所写的大量碑传鲜有人提及，这大大影响了对汪道昆碑传研究的完整性。[②]

需要说明的是，因前文已将碑传文中的传状文单列，故此处专门论述碑传文中的碑志文。

碑志这种文体较为古老，“自后汉以来，碑碣云起”[③]，“至汉，杜子夏始

---

① 王鹏.徽州历史人物碑传研究[D].合肥：安徽大学，2012.

② 胡小姗.汪道昆碑传文研究[D].合肥：安徽大学，2014.

③ 刘勰《文心雕龙·诔碑》。

勒文埋墓侧，遂有墓志，后人因之”。[①] 姚鼐从历史源流的角度对碑志文的演变详加考辨，他认为：“碑志类者，其体本于《诗》，歌功颂德，其用施于金石。周之时，有石鼓刻文，秦刻石于巡狩所经过，汉人作碑文又加以序。序之体，盖秦刻琅琊具之矣。志者，识也。或立石墓上，或埋之圹中，古人皆曰志。为之铭者，所以识之之辞也。然恐人观之不详，故又为序。世人或以石立墓上，曰碑曰表；埋乃曰志。及分志铭二，独呼前序曰志者，皆失其义。盖自欧阳公不能辨矣。”[②]

在中国散文史上，“韩愈所写碑志、祭文，现存者不下百篇，占其全部文章的四分之一以上，数量之大，可谓惊人；但其文学成就，也不可谓不惊人”。[③] 和韩愈一样，汪道昆散文中也有大量的碑志文，约有一百七十多篇，约占其散文总量的二分之一。

这些碑志文既有为达官贵人及其家人所作，也有为乡贤前辈或自己家人而作。汪道昆碑志文大多和其他碑志文一样“叙述功德，褒扬忠烈”，以便传之后世，但也有部分碑志文有自己的真情深感，不完全是谀墓之作。

汪道昆和戚继光相交相知多年，戚去世后，汪道昆为其作墓志铭，其名为《明故特进光禄大夫少保兼太子太保中军都督左都督孟诸戚公墓志铭》。该墓志铭一开始就称颂戚为“当世无两”“文武具足”。戚继光每获取一次大的胜利，汪道昆都有相应的文章赠送给他，足见二人感情之深。汪道昆感慨道：“同事二十五载，先后累数万言，则言言核矣。”接下来汪道昆历叙戚继光生平家世，平生功业。汪道昆不仅仅着眼于戚继光彪炳史册的军事业绩，还善于选取生活小事：如写其妻王氏“常市一鱼，三斩待饪，朝进首，午进尾”，戚疑其妻私自食鱼腹，错怪其妻，然而晚上其妻“暮以鱼腹羞”，戚始愧。通过小事写贫贱夫妻相濡以沫，因错怪而误会，因冰释而理解。倭寇来袭，浙江告急，在选兵士时，戚继光说：“无兵而议战，亦犹人无臂而格干将。乃今乌合者不张，微调者不戢，吾不知其可也。闻义乌露金穴，括徙递陈兵入疆，邑人奋钤棘御之，暴骨盈野，其气敌忾，其习慓而自轻，其俗力本无他，宜可鼓舞。今及简练，训习一旅，可当三军。”体现了戚继光一定的军事谋略和过人胆识。奈何，戚继光英年早逝，汪道昆感慨系之：“何天降

① 徐师曾《文体明辨序说》。

② 姚鼐.标点评注古文辞类纂序目[M].周青萍，注.上海：上海广益书局，1936：16.

③ 李道英.唐宋古文研究[M].北京：北京师范大学出版社，2005：116.

殊材也者而中折之?”在墓志铭中还写到戚继光惧内,为其妻所困,几至绝嗣,穿插此轶事,使文章摇曳生姿,富有情趣。戚惧内,汪道昆亦感同身受,心有戚戚焉。[①]

汪道昆的一些为家人亲友所写的墓志铭流露出真挚的情感和浓厚的儒家伦理观念。如《先师邵次公墓志铭》,写其师“谈经也,若庖人入屠牛之垣,无肯綮,无髋髀,游刃恢恢,莫不中舞。其操经艺也,若计然握算而入馆库,居者居,化者化,决策所向,莫不中经。凡诸以请业至者,莫不解颐;请益者,莫不充腹”,“先师之视余小子,犹子也”。老师去世后,汪道昆作铭文怀之:“吾师乎,吾师乎”,师生情谊于此约略可见。又如《赠恭人亡妻吴氏墓志铭》《继室吴恭人墓志铭》等作品反映了汪道昆对亲人深切的怀念和哀悼,该类散文和前面所述的传状文类似,情感真挚,语含悲伤。

徽商的发家致富,其路之艰,常人难以想象,汪道昆借为徽商程锁作墓表展示徽商发家的艰难历程。程锁年轻时其父“客死淮海”(卷六十一《明处士休宁程长公墓表》,下同),程锁本人又身体虚弱,“病且无以为家”,面对这一窘境,其母要求程锁弃儒从商,“第糊口四方,毋系一经为也”。后程锁靠辛勤经营,终成一代富商。程锁其人其行汪道昆通过一件小事反映之:其父去世前,曾借贷给他人。其父亡后,欠债者匿而不还。一日,程锁见欠债者,他作出惊人举动:烧券市义,该行为颇有孟尝君门人冯谖之义举。而其父欠别人钱财,程锁“鬻田宅,脱簪珥,悉还之”。对此义举,汪道昆赞之曰“与其为贾儒,宁为儒贾”,并称赞其为“节侠”。通过此墓表一方面我们可以看出有些徽州人经商是环境所迫,“不得已而为之”,另一方面也可以看出徽商的商业伦理道德之高尚。

汪道昆还对文坛领袖创作得失进行评价,如为何景明写碑记时说:“(李何)两家递为恒文,执旗鼓号天下矣。献吉兢兢尺寸,非规矩不由;先生(大复)志在运斤轮,务底于化。于时主典则者张献吉,主神解者附先生。要诸,至言各有所当,顾其相直若绳墨,而相济若和羹。即言逆耳,而莫逆于心耳,视者弗察也。今两家并悬书海内,不啻尸说之。浸假得终其天年,先生化矣。”(卷六十七《明故提督学校陕西按察司副使信阳何先生墓碑》)

---

① 《万历野获编》卷三兵部(戚帅惧内):“汪太涵与戚元敬少保,生死交也,戚殁,而汪志其墓,述其为妻所困,几至绝祀,其说甚备,内所称一品者是也。然汪之怕妇,亦与戚相伯仲。即汪长君(无疆)为其妇所阉,亦母夫人导之也。蝙蝠不自见,笑他梁上燕。自古然矣。”

该碑记从总体上反思李何学古理论实践之得失，兼顾李何之得失，较为客观公允。同时又流露出对何景明英年早逝的惋惜之情。

四、游记文

游记文学在中国文学史中源远流长，代有体作。从概念上来看，作为散文的一种，“游记”的书写内容和基本特质是“主要记述旅途见闻，某地历史沿革、现实状况、社会习尚、风土人情和山川景物、名胜古迹等，也表达作者的思想感情。文笔轻快，描写生动”[①]。从发展历程来看，游记自魏晋正式诞生，先后经历了魏晋的诞生期、唐代的成熟期、宋代的高峰期、元明的复兴期、清代的衰变期和现当代的新生期等六个不同时期。[②] 就明代游记文学而言，面对宋代游记文学的高峰，“既感叹高峰的不可企及，又探索着走出低谷、走向复兴的途径。从金元开始，至明代前期，基本上都是在宋代高峰的阴影下向前摸索，虽然偶尔也有名家佳作出现，但依然无法挽回高峰过后的下滑之势。直到明代中叶，才出现了以游记文学的集成化与小品化为标志的复兴迹象，再到晚明则终于出现了名家辈出、佳作荟萃的高度繁荣局面。其中的主脉有二：一是以公安派、竟陵派为代表的游记小品系列，它是明代人性解放精神在游记文学创作中的直接反映，是明代最有特色的‘才人游记’的集中体现；二是以徐宏祖《徐霞客游记》为代表的科学考察游记，它是明代另一种新的时代精神——近代科学精神孕育与催化的产物，与前者双峰对峙，共同推动了晚明游记文学的复兴和繁荣。”[③]汪道昆的游记文既不似以公安派、竟陵派等为代表的“才人游记”，也不同于以徐霞客等为代表的“科学考察游记”，其作品是作者本人多年仕宦生涯和乡居经历的缩影，打上鲜明的个人印记。

汪道昆游记文或状自然山水，或铭文房四宝，或记赫赫战功，或写文坛集会，或抒平生怀抱，内容较为丰富。代表作品有《太和山记》《游洞庭山记》《丰干社记》《沧州三会记》《万古楼记》《古砚记》等。前期仕宦期间，作品多描述仕宦之余的快乐，如《太和山记》，此作作于嘉靖三十七年(1558)，

---

① 辞海[M].6版.上海：上海辞书出版社，2009：2772.

② 梅新林，俞樟华.中国游记文学史[M].上海：学林出版社，2004：7.

③ 梅新林，俞樟华.中国游记文学史[M].上海：学林出版社，2004：214.

时年34岁,汪道昆正在襄阳知府任上。此时的汪道昆刚刚步入仕途,虽耳闻目睹一些宦海浮沉,但心中仍有一定的追求和渴望,仍希望能够积极建功立业。后期乡居期间,作品多闲适自在,如《南屏社记》,万历十四年(1586),作者已乡居十余年,宦海浮沉、人世沧桑早已经历,心中的热盼和希望早已熄灭,只剩下追忆和感怀。

汪道昆的游记文还可以折射出明代徽州园林的一些基本情况[①]。一是徽商大兴造园之风。如卷七十七《荆园记》记载:“休、歙皆岩邑,其衍者不隰则坟,斥而为园,治畦者事。比来好事者代起,歙有遂园、曲水园,休有季园、七盘园,虽广狭有差,均为乐地。草市当二邑接壤,厥有荆园。”所谓“好事者”因地制宜,“斥而为园,治畦者事”,著名者有遂园、曲水园、季园、七盘园、荆园等。二是徽州地区具有“山赢而水诎”(卷七十四《水嬉记》“新都什九山也,水几一焉。游者浮慕江湖,辄病其山赢而水诎”)的地域特征,即山多水少,故造园者特别关注水的作用,努力做到“得水之胜”。三是将徽州园林与苏州园林进行比较,“夫吴会以名园盖当世,则山诎而水赢。新都保界群山,水诎矣;其不诎者,皆人力也,卒莫能胜天”。(卷七十四《季园记》),认为苏州园林“山诎而水赢”,徽州园林“水诎而山赢”。

概而言之,汪道昆散文内容丰富,涉及生活的方方面面,既有军国大事,也有日常叙事。从一定程度上来说,汪道昆散文是汪道昆个人生活的写照,也是明代中后期社会现状的折射。

第三节　汪道昆散文的艺术特色

汪道昆的散文既不是纪昀等所说“刻意摹古,时援古语以证今事,往往扞格不畅,其病大抵与历下同”(《四库全书总目提要》),也不是查继佐所称引“汪中丞文、戚将军用兵及武夷山水为闽中三绝”(《罪惟录》列传卷十八)。平心而论,将汪道昆置于明代散文史上考量,傅维麟的观点相对比较公允:“明之文章自李、何而古,至攀龙、道昆而精,至世贞而大。”(傅维麟

① 夏咸淳.明代山水审美[M].北京:人民出版社,2009:356-357.

《明书》卷一百四十七）因此，我们以《太函集》为依托，探究汪道昆的散文如何做到像李攀龙那样达到“精”的高度。

一、理直气壮，感情充沛

汪道昆一生辗转于官场、战场、文坛、山林，身份多变，但其用世之心一刻不曾消歇。其散文类似韩愈的古文，理直气壮，感情充沛。

汪道昆喜月旦时事，臧否人物。在卷二《少司马陆公平寇序》一文中，他连用四个“公之伐也”评价少司马陆稳的平寇业绩：“陆公当纠纷之秋，冒瘴疠而临不测之地，发纵指示，一鼓而歼之，卒使游公无狼顾之忧。决胜千里，贼无噍类，公之伐也。琏睥睨漳州，即不备，长驱而北，挟重寇而横行，闽事去矣。假令无失其版籍，谓有士者何？公独早计：‘虎既逸而槛之。’封疆之臣，庶几藉此以逭簿责，公之伐也。琏谋不轨，其在协从则首鼠两端，使徒按法而穷治之，是搏虎而傅之翼也。公布恩信，遂令反侧自安，其卒也，反戈而毙之，不啻射隼，师不必老，士不必危，不旬日而告捷，公之伐也。闽兵连祸结，人人自危，群无赖幸琏出而应之，不者惴惴然重足而立矣。琏伏诛，民皆帖席，释之刀锯之下，拯之沟壑之中，肉骨而生之，非直一手一足之烈也，公之伐也。”

接下来，汪道昆用“后羿受射”“丈人承蜩”的例子分析陆稳能建此功业非“足智多术”，乃“专一之效也”。说理透彻，分析精到。再如将人分为“可以死者”与“可以无死者”两大类，并进而指出“可以死者三”“可以无死者二”：“功成而名遂，死可也；老而传，死可也；生有益而死有闻，死可也。此直为身谋者也。国有老成，坐而镇俗，无死可也。乡有耆旧，矜式在焉，无死可也。此为乡国谋者也。”在此基础上指出江浙江的去世对国人而言“丧之若丧所仰”，对乡人而言“丧之若丧所依”（卷八十二《祭江浙江先生文》）。

再如在《方思善传》一文中，汪道昆为表达对方思善四十四岁不幸英年早逝的惋惜之情（“思善务焉，事半而赍志以终，惜也”），连用了三个“嗟乎！思善已矣”。细读《方思善传》，有以下数点值得关注：

其一，传记篇目命名不同于其他传记。汪道昆一开篇列举了方思善历任南京户部尚书郎、随州左徒、杭州太守等官职，若参照其他人物传记以官职或谥号等为命名方式，如《潘汀州传》《许恭襄公传》《吴平仲传》等，则方思善的传记应命之为《方太守传》。但汪道昆并没有这样做，而是“以字不以官”，直接将其命为《方思善传》，其原因在于“重思善也”，由此可见作者对方思善的思念之情。

其二，为突显方思善的价值，汪道昆将徽州大儒朱熹与他联系起来，认为“新都故多显者，千乘如林。自文公起紫阳，五百年而有思善，志在千里，中道而痞；假之以年，瞠乎其后。重思善，重新笃也”（卷三十四《方思善传》）。非如此则不能显示出方思善的价值意义。细绎“五百年而有思善”这句话，结合朱熹生平[①]，不难发现，方思善除在思想史、哲学史上不及朱熹（汪道昆说方思善“遍诵六籍百家”）外，其他如赈济灾民、肃清吏治、惩治奸恶等方面与朱熹极为相似。由此可见，汪道昆此言不虚，并非溢美之词。

其三，方思善不仅是一位能干之臣，还是一位文人雅士，他“遍诵六籍百家，言道德则师心，言文辞则师古，文法秦汉，古诗法魏晋，近体法唐，要以论道之言，騞然中桑林之舞”。他在文学方面的取法对象和当时的文坛主流的复古思潮具有高度的相似性。

汪道昆在散文中喜欢引用自己的话展开议论，似乎真理在握，具有很强的主观性和充沛的情感力量。如卷三《送方敬之序》一文开篇劈头就说：“往余有言：‘箕者善弓，裘者善治，则其习然哉。’士即有奇，不习犹将不利。乃若一旦授之事，可必有功，惟方仲子耳。”借助习语，阐述自己的看法。类似的还有卷二《送苏使君考绩序》一文开头：“高阳生曰：今之用人犹市谷也。市人贵稻而贱黍稷，以稻为市。幸驵侩居其间，虽荑稗必售；如其以黍稷往而莫为之先谈，人且目摄之矣。夫五谷之树，获同耳；荐宗庙，羞王公，其所用者同耳。而或贵或不贵，则世俗使然，然亦悖矣。夫既贵稻而重贾之，安用荑稗？彼其生也，与稻同登者也。卒之驵侩为政，黍稷不售而彼售焉，悖之悖者也。今之仕者岂不然哉！夫仕之取重者两端：上之则天子所藉，次之则乡国所藉者也。上之即得中材，往往自致青云之上。其次则多所菲薄，盖什五而贵一人焉。此稻、黍稷之辨也。顾此善仕者，藉资以干进，率以荑稗而冒嘉谷之名，于是斗筲之人宁为荑稗无为黍稷，盖靡然向风矣。乃若倜傥瑰奇之士，不归则已，宁讵能委蛇蒲伏而干驵侩之权乎？”以

---

① 张立文《朱熹评传》第一章以“由禅返儒 集成理学”为题专门介绍了朱熹的生平，其中就有朱熹为官为政的内容（张立文．朱熹评传[M]．南京：南京大学出版社，1998：20-29.）。

"用人"比作"市谷",人才本身质量如何不论,而以世俗力量衡量人才价值,这样的做法汪道昆以为"悖矣。"激愤之词,由此可见。又如卷一《送陈使君守兰州序》,开篇就说:"自古文学之士,往往喜言兵。非习兵也,居常自负其有,人固未尝奇之,于是挟其感愤之气,幸得当事而发一奇焉。若汉贾生、魏陈思王是已。彼抱竽而舍瑟,越樽俎而治庖人,则怏怏者之为,非始愿也。"解释了"文学之士""喜言兵"的心理原因,主要是怀才不遇,有"愤"而发,借"兵"明志。

一般来说,理直气壮易失之于粗豪,装腔作势,使文章了无韵味,而汪道昆散文有真实的思想情感作底蕴,故虽理直气壮,但情感充沛,读之很有感染力。如卷十一《北山方长公六十寿序》论述生命的寿夭问题:"夫达生之旨,则余有味乎庄生。盖自其同者异之,彭之于殇,异也;自其异者同之,委形之于委蜕,同也。仙翁师道虽仙才,安敢望彭祖? 彼其倏然而往,不亦殇乎? 越在雅歌,张仲至于不朽。果能力行孝友,为可继,为可传,寿之类也。昔之论寿者,必归本于仁,孝友则仁之发也。"对此枯燥抽象问题,汪道昆能娓娓道来,以人物为例作比较,充满感情,读之使人恍然大悟。又如为戚继光所作的墓志铭,用充满感情的笔调写戚的去世:"腊日鸡三号,将星陨矣。"将星陨落,情何以堪?

二、工于描绘,生动形象

汪道昆的散文在刻画人物时,吸收了秦汉散文的优点,长于刻画人物,其笔下的人物形象鲜明,栩栩如生。

在为其妻吴氏所作的墓志铭中,汪道昆以对话的形式刻画人物形象。汪道昆回忆亡妻在世时,其妻弟殇,亡妻吴氏"哀毁骨立"(卷四十六《赠恭人亡妻吴氏墓志铭》,下同),汪道昆予以劝慰:"毋毁,假令病中五内,将不可为。"其妻痛哭道:"天乎! 吾父母之日昃矣。独一子又死,谓吴氏宗庙何!"后来吴氏病情加重,"瞪目谓予:'妾不幸以膏肓之疾累君,君劳苦矣。乃今命在旦夕,君犹能活我乎!'" 后来,医者告诉汪道昆吴氏病因是"殷忧而内蚀,内蚀则精亡"。通过此则描写一方面刻画了汪道昆夫妇情深,不忍永诀的情景;另一方面也塑造了吴氏姐弟情深,眷念父母,为家人着想的孝女形象。这一"瞪"字,非贪生怕死也,乃不忍双亲孤独无靠,又将面临白发人送黑发人的惨剧也。

乐生恶死乃人之常情，而隐者周有道则不然。周病重时，“闻邻有哭声”（卷三十九《隐君子周有道传》，下同），周“力疾援笔为诗”，以诗歌劝慰之。待到病情加剧，周从容安排后事，先向母亲诀别，说：“母幸无恙，儿从此辞。”回过头来对其妻曰：“妇在犹子在也”，并将财物一一分给“所亲”。周有道颇有庄周之遗风，能“通穷达，一死生”，实乃旷达之士。

在卷五十四《明故处士溪阳吴长公墓志铭》一文中，写到一个叫吴良儒的人，本来准备走读书之路，因经济困窘，其养母戴氏要他面对现实，分清轻重缓急，故而选择经商，后终成一代富商。在这里，戴氏的形象除使用对话得以体现外，还有两个标志性的动作：先是“泣下而执处士之手”，劝其面对现实；后来因养子吴良儒答应经商故而“笑曰”。由“泣下”到“笑曰”，前忧后喜，形象鲜明。

汪道昆的散文中还可以见到形象的比喻。卷八十三《祭戚少保文》写“将相相得”，将其比作“鱼水”“云龙”“手足腹心”“家人父子”。通过一连串的比喻，也就是博喻来解释抽象的本体“将相相得”，使之具体可感。又如卷十一《寿吴氏叔五十序》一文论及医术，汪道昆以为：“医家累千万言，大较为养生设也。解牛薄技，闻者乃喻养生。一技之精，进于道矣。”以庖丁解牛比喻医家医术，二者皆为“养生”，都要追求“技进乎道”的效果。换而言之，不能满足做一个有一技之长的医者，而要超越于“技”，达到“道”的层面。惟其如此，方可“游刃有余”，成为一代名医。再如卷六《御史中丞张公平蛮序》一文写吴浙、粤、闽三地受倭寇侵害的程度有所不同：“粤故与倭为市，其未中粤逾深，加以山海渊薮，乘乱为虐，腹心之寇，不暇为谋，一何棘也！人言吴浙痈也，毒自外传之；闽其疽乎？毒自中溃；粤犹之疠也，盖与有生为始终，虽有国医，鲜不狼顾。”以“痈”“疽”“疠”三种不同的病症分别比喻之，写三地因位置不同，故而受侵害程度不一，应对的措施也不尽相同，符合军事地形学原理。

三、章法体例,颇近史迁①

汪道昆深受司马迁影响,《太函集》中多次以“太史公”“史迁”等引用司马迁的话或司马迁的相关言论。对司马迁的言论,大多持肯定态度,也有部分持否定态度。兹举一例,如对官吏的评判,汪道昆认为:“太史公之多吏治,以循不以廉;其所不然,以酷不以墨。”(卷六十九《姚令君生祠碑记》)这一点与司马迁不尽相同。汪道昆的散文特别是其中的传状文深受司马迁影响。

首先,《太函集》中,汪道昆学习借鉴司马迁的做法,多使用“汪道昆曰”“太史氏曰”“野史氏曰”“司马氏曰”“泰茅氏曰”“异史氏曰”“天游子曰”“居庐子曰”等论赞模式表达自己对传主人生遭际、现实人生百态、自身生活履历等的看法。具体情况详见表 4.1。

表 4.1 《太函集》中仿“太史公曰”论赞模式

篇目	卷次	内容	呈现形式	呈现位置
送刘大夫按察贵州序	卷一	汪道昆曰:固也。谚曰:“力田不如逢年,善仕不如遇合。”资不逢世而卑疵就功,刘君宁讵能乎?职方主兵谋,世所谓“一切危事”。然而荐绅大夫好倜傥之画策,往往以言兵显,此亦豪士之资也。顾机格势禁,谓子成何?当今之时,士比周取容而众忌讳,徒卑卑恭谨,此得保荣名完好;直言奇节之士,卒于不振。此其大较也。今之职方岂不难哉!	汪道昆曰	篇中
送方民部还留都序	卷一	汪道昆曰:方叔子岂不逡逡躬行者哉!其涉世何�也。始迁度支郎,则以故东平当下吏,盖疆事耳	汪道昆曰	篇首

① 杨瑾.汪道昆六论[D].芜湖:安徽师范大学,2004.本节在此基础上有所阐发。

续表

篇目	卷次	内容	呈现形式	呈现位置
送宪大夫刘公兵备四川序	卷二	汪道昆曰：余在职方，闻诸同舍郎谈刘公事甚具。出而守土，公方以简命入部中。公有惠政，江汉父老往往能言之，余不具论。公方以兵事往，故余论兵独详焉	汪道昆曰	篇末
送苏使君考绩序	卷二	高阳生曰：今之用人犹市谷也。市人贵稻而贱黍稷，以稻为市。幸得驵侩居其间，虽荑稗必售；如其以黍稷往而莫为之先谈，人且目摄之矣。夫五谷之树，获同耳；荐宗庙，羞王公，其所用者同耳。而或贵或不贵，则世俗使然，然亦悖矣。夫既贵稻而重贾之，安用荑稗？彼其生也，与稻同登者也。卒之驵侩为政，黍稷不售而彼售焉，悖之悖者也。今之仕者岂不然哉！夫仕之取重者两端：上之则天子所籍，次之则乡国所籍者也。上之即得中材，往往自至青云之上，其次则多所菲薄，盖什五而贵一人焉。此稻、黍稷之辨也。顾彼善仕者，藉资以干进，率以荑稗而冒嘉谷之名，于是斗筲之人宁为荑稗无为黍稷，盖靡然向风矣。乃若倜傥瑰琦之士，不贵则已，宁讵能委蛇蒲伏而干驵侩者之权乎？	高阳生曰	篇首
海阳计对	卷九	泰茅氏曰：在朝言礼，问对以之。人臣无功，非无功也，功而不伐。不辞让而对，礼不其然。籍令之帝 所而台言，对以礼而已。臣不令，无能宣德意而布之民，上露祷而民吁天，上蒿目而民菜色，上蠲租而民沟壑，上矜三尺而民牛羊。其甚也，古者三年耕必有一年之食，臣之窃禄五年于兹矣。岁之不易，将无及于嗷嗷，臣罪在丹书，何敢引避？惟是海阳得及于宽政，则所部之宣力、圣天子之宠灵也，臣何有焉？	泰茅氏曰	篇末

续表

篇目	卷次	内容	呈现形式	呈现位置
罗母六十寿序	卷十	汪道昆曰:余家食独严重处士罗公。其人抱直履方,不侵然诺,往往操几杖旬日从之。顾余安能望武侯?公抱不宾之义,而外内合德,则庞公流也。余出居襄阳,闻庞公事甚具。余弟会约书谓外王母春秋且耆,愿乞一言为寿,则妃罗公者也。余病吏事,无能为寿,乃窃比于庞公若罗公,诵义乡曲间不具论,而论庞公为详云	汪道昆曰	篇末
南山篇	卷十七	汪道昆曰:里中世家,则吾宗之于母党,盖姬姜匹也。先淑人胡之自出,宗于吕,祖于姜,世以部赋长五区,守本富。自外王父无禄,外王母从一而终。二叔舅席故饶,务豪举。伯舅则先淑人从兄也,身不满五尺,卑视而伛行。其少也,伯舅致柔,而二叔舅用壮。有不合,或以非礼加之	汪道昆曰	篇中
介福篇	卷十八	汪道昆曰:今之素封,犹世禄也。世禄之家,鲜克由礼,彼负不赀以逞,亦莫不然。先王制礼以坊民,将令长守其富。民无方则坊坏,其孰能不波。礼莫重于亲亲,亲亲莫急于孝。尝闻以敬孝易,以爱孝难。敬孝则载诸内则者为详,要皆因严以致敬,抑或徒取苛礼,其诸严威俨恪之为乎。乃若和气愉色婉容,爱之属也。品节斯斯之谓礼,爱而无节则流。上之为禽犊孳,其恩狎;下之为犬马养,其敬亡。爱及滥觞,相渎已甚。无亦始于渐渍,卒以凌夷,概其两端,则利禄为之耽尔。夫父天而母地,父尊而母亲。亲而不尊,故能食而不能教,甚则梧杈无泽,箕帚有言,悬簿之门不啻什五,虽有圣善,如令人何!要以曹之鸤鸠,本于《周南》之《樛木》。吾州里严于嫡庶,爱不克威。彼其不属不离,名浮实蠹。其煦煦也者为口惠,其夔夔也者为象恭。故庶之弱也母为政,惟所命之。嫡之衰也子为政,莫之致诘。殆将不免于悖德,于礼何哉!	泰茅氏曰	篇首

续表

篇目	卷次	内容	呈现形式	呈现位置
文选序	卷二十二	司马氏曰：自书契以及诗书，则圣人无择言矣。后之言者，非文不行。如以其文，恶得无择？故离朱辨色，师旷审音，梁昭明由此其选也。夫隆污各以其世，润泽存乎其人。其世则春秋、秦汉、魏晋、齐梁，其人则屈宋、邹枚、贾马、苏李、班杨、曹刘、嵇阮、潘陆、陶谢、其体则众长具矣。譬之韶濩错陈，金石迭奏，概诸后死者，文在兹乎。由是相沿，以世为次，或曰文萃，或曰文鉴，或曰文衡，皆是物也。作者之视畴昔，业已径庭，借令择与而必精，其去昭明骎骎远矣	司马氏曰	篇首
陈达甫集序	卷二十二	泰茅氏曰：三天子都，混沌未凿，历千岁块然耳。迨宋笃生徽国，此其丰镐与！明兴百年，程学士高时金马，即其才命世，而从众如流。及程自邑称北地诗，直将以篑土为样鼓。嗣是王仲房、江民莹起歙，陈达甫起海阳。坚白迎鸣，镗镗自负。其人则达甫谅直，朴然柴立其中。强而废春秋，耆而废辞赋。稿既具，观者辄持去，不复求。以余耳目所及者索之，佚者半	泰茅氏曰	篇首
副墨自序	卷二十二	汪道昆曰：余先世家大郭，徙千秋里。里中世受什一。余始以逢掖起家。幼受业先师，喁喁慕古。既卒业，退以其私，发箧遍读藏书。即属辞，壹禀于古昔	汪道昆曰	篇首
地理统宗引	卷二十三	居庐子曰："天道远，地道迩。"故在天成象，即巧历不可胜穷；在地成形，凡有目者可俯而窥，有趾者可周而历矣。惟圣人为能察地之理，岂其智固与众庶异邪！理之为言，合而综之，则文理也；分而析之，则条理也。圣人因地事地，袭水土而宅幽明	居庐子曰	篇首

续表

篇目	卷次	内容	呈现形式	呈现位置
江山人传	卷二十七	汪道昆曰：山人善声诗，尤长于古体。夫诗、书之教一也，其升降相依。今之论文者，或不与昌黎，及推尊杜陵，不啻日月，余窃疑之。或谓建安起靡丽之习，而陵迟于梁陈。唐自陈伯玉以下，起而一洗之，开元为盛。夫持汉之三尺卑疵六朝，敢不受令唐削雕为朴而体益卑卑？犹之秦人闻新乐，端冕去之，乃拊缶呜呜为秦声，猥云“可与道古”有者，有闻掩口而笑耳。举世方驰逐近体，无惑乎布侯于杜陵，及为古诗，且不能超乘而上，则任耳之过也。若山人之长言，大都取裁魏晋，行年五十，犹亹亹不衰。千载而下，吾郡有山人矣	汪道昆曰	篇中
台州平夷传	卷二十七	汪道昆曰：将在军，君命有所不受。高皇帝法，则必以监司监之，此所谓文武并用，长久之道也。彼以诗礼发家，徒持文墨议论，藉令尸祝治庖，章甫适越，如将何？唐公具文武才，擅当世之誉，顾与戚将军莫逆，推毂之，将军之功于是乎烝烝起矣，卒使威加海外，吴越始得息肩，唐公力也。明年壬戌，唐公遂有人言一嗟乎！功高不赏，则人言从之。今之待有功者固如此	汪道昆曰	篇末
孝廉将军传	卷二十七	汪道昆曰：语怪语神，圣人惧以此疑后世，故不道。余观戚骠骑之奇迹，质之黄石、赤松之说，何疑耶？留侯五世相韩，以其身事高祖，及不疑传国，仅仅无闻。骠骑凭五世之业，藏其用，以启后人。煌煌乎烈矣。语曰：“不于其身，于其子孙。”其骠骑谓乎？	汪道昆曰	篇末

续表

篇目	卷次	内容	呈现形式	呈现位置
汪处士传	卷二十八	汪伯子曰：庄周所称荣启期之属，岂不名高？顾山林枯槁者之为，无所用于世；夷门监者，自托于节侠，卒之以黄发而徇然诺，儒者犹或非之。乃若涉世而不污，多财而好行其德，此真处士事也。视彼郭、剧豪举，且臣虏之矣，何侠邪！	汪伯子曰	篇末
查八十传	卷二十八	野史氏曰：古之人不卑小道，务有所成名。彼操一技之能，必入其室，君子盖有述也	野史氏曰	篇首
		野史氏曰：世俗言琵琶，夷部乐耳。鼐独以此称绝技，其专壹之效与！先民或以蕫稗为美，博奕为贤，有以也。昔高渐离易衣而惊坐客，视鼐诎故倡，何异焉！彼以匹夫而距王公。藉令事贵主以干进，彼且羞为之矣。吾乡故多节侠，则鼐其人乎！	野史氏曰	篇末
汪处士传	卷二十八	太史氏曰：汪处士，世所谓魁梧丈夫也。彼行贾，贱业耳，贤者且争趋之。即匹夫，富埒万乘，心嗛嗛不休，挟金帛，出入寇盗，风浪中走死地若骛，可胜道哉。布衣之士，掉三寸舌取卿相，旦夕间泊衰暮，曳履天子门，步踸踔不进。语之去官，辄悻悻然色变，一何悖也！处士少年侠士，乃折节为俭，掉臂归山中。修道养寿，此其智有过人者。人谓处士节侠，非邪？	太史氏曰	篇末
沈文桢传	卷二十八	汪道昆曰：余善明臣，故得闻若翁质行甚具。翁故千金子，少年轻富贵，若将掇之。及其游不得志而归，业酣酣败，业渔渔败，既而市鱼又败，困甚矣。卒之以钓为事，而自托于酒人，何拓落也！顾犹任放自若，其亦自负不羁者邪！至如避怨出游，终能以怨为德，盖长者矣	汪道昆曰	篇末

续表

篇目	卷次	内容	呈现形式	呈现位置
王仲房传	卷二十八	汪道昆曰：人言仲房才高独达，巷党人犹有遗论。夫名者，实之宾也，有道者逃焉。古人不得志，则龙蛇无用名矣。世鲜知仲房者，顾独知仲房诗。仲房尝言，知我者希，则我者贵。由是则可以成名，而有不屑也	汪道昆曰	篇末
吴子钦传	卷二十八	司马氏曰：嘉靖初，士不论武久矣。见挟短兵、衣短后者，辄洒然以为非常。且也，士有奇，不得一试，愤无所发，卒托非常为名高。或求神仙，或谈王伯，大抵皆放言耳。耳视者不察，或从而訾之。子钦负不羁之材，乘之以肮脏不平之气。彼以淮南为口实，岂其本心哉。不幸而中道夭，竟以任放终焉，惜也	司马氏曰	篇末
朱介夫传	卷二十八	汪道昆曰：古者薄市井交，即缓急不为赖。乃若介夫之与士大夫友也，岂不斌斌。比陷不辜，甚者从而议其后，视市井滋薄矣。余交介夫浅，顾独深察其为人。余愿为士大夫一洗之，故志其状如此	汪道昆曰	篇末
郑母戴氏传	卷二十八	中执法氏曰：秦妇清以多财取重，太史公犹然作之。彼其于人伦，未有所当。直以卑卑抗万乘，宁足多邪！吾乡多富人，而郑母特著，则孝慈备矣	中执法氏曰	篇首
闻庄简公传	卷二十九	汪道昆曰：余始通籍，则庭谒庄简公。其为人阅廓深沉，若涉北海，不可为量。当其持重不发，不啻注一矢而引千钧，发则百步之外无留行，莫不中命。余从诸公卿后，岂不多贤，要以慎始令终，名实纯粹，唯庄简公一人耳。昔仲尼之徒，雍可南面。汉武得人为盛，黯独称社稷臣。雍也以简，黯也以庄，公兼之矣。知臣莫若主，其信然哉，其信然哉！	汪道昆曰	篇末

续表

篇目	卷次	内容	呈现形式	呈现位置
明兵部尚书翁公传	卷二十九	太史氏曰：余读汉记，视霍去病、马援为将，岂不伟丈夫哉。然当武帝时，天下不无事矣。骠骑冯贵戚之权，则用武之资也。伏波从光武起，故知兵。今天子修太平之业，士去尺籍久矣。公以书生言兵事，决策制胜，若嘎啃宿将，此遵何术哉！余闻公生六年，丧陈太夫人，哀之甚。及树先尚书墓，亲荷畚负土，此其闲于人伦，盖天性也。虽数有军功，一切以奇胜。大都诚壹所致，则忠孝者之为邪！记曰，我战则克，公近之矣	太史氏曰	篇末
七烈传	卷二十九	汪伯子曰：吾宗著郡中久矣。无论丈夫能也，即女德亦往往闻焉。自余有知以来，近属以烈闻者七。或自吾宗以死，或死吾宗，大较相后不过三十年，相去不过三舍。余所睹记，岂不较然著哉。乃今有闻、有不闻，则所遭者异也。余惧其终不闻也，故为之立传，并称载之	汪伯子曰	篇首
		汪伯子曰：吾观七烈，而知女德之足多也。近所概见若此，远者可知。其亦风教谣俗使然，抑天性也。北山尚矣，贾大夫恶犹然不礼于其妻。汪独死汤，何论宋人之女。长龄之死，乃在笄年，奇节也。孙鲍以贫贱著信，程李以富贵陨身，于乎烈矣！	汪伯子曰	篇末
郑麒妻罗氏贞节传	卷二十九	汪道昆曰：吾乡妇女多奇节，夫死则死之。藉令死，贤于生，有死而已。乃若送死立孤，夫子将恃此以不死，视一死，不犹贤乎。此可概诸中庸，故足术也。往郑氏有死节者，余尝为之立传，则又可以死者与！	汪道昆曰	篇末

续表

篇目	卷次	内容	呈现形式	呈现位置
王子镇国少君传	卷二十九	中执法氏曰：信陵、孟尝，则皆国君介弟，折节下士，率以多士为名高。夷考其所为，徒豪举耳。彼其以武犯禁，则侠者之雄乎少君无它肠，独结客为乐，老而不倦。天固夺其嗣，谓之何哉！曼室有言，少君故玄圃中人，安事委蜕。知言矣	中执法氏曰	篇末
许长公传	卷二十九	司马氏曰：许长公以义困，孺人攻若，力赞之。概诸古人，加梁、孟一等矣。往闻长公以家难破其产，僦一廛市中，市豪且齮龁之。会太史补诸生，幸得寝。嗟乎！为善者岌岌逮矣。非天定，恶能胜乎！孺人乳儿时，宿不饱，旦雨雪，日中拥敝枲乳卧内，突无烟。太史每涕泣道之，伤哉贫也！两人者当厄，即志士且不堪。顾独茹荼如饴，殆亦知躬自薄而太史厚也。即太史以其亲显，岂惟太史能哉！	司马氏曰	篇末
范长君传	卷二十九	司马氏曰：儒者以诗书为本业，视货殖辄卑之。藉令服贾而仁义存焉，贾何负也！	司马氏曰	篇首
江浙江先生传	卷三十	司马氏曰：余安能传先生？即传矣，安足传也。先生身不满七尺，而屹立若泰山。故寡言，言出若括中黄而中命。居常择地而履，及其坦坦自率，则委蛇若游龙，望之凛然。就而亲之，若承景含光，不见其迹。人谓余狂而先生狷也，而先生终不以不羁弃余。余始交先生十年，考其行矣，窃自念曰："直矣，方矣，殆难为徒。"又十年而获其心，正直而壹归于忠厚，盖长者也。又十年而睹其全也，退而深惟曰："嘻，能白能玄，能觚能圆，徐不甘，疾不苦，柔不茹，刚不吐，庶几乎大雅君子哉！"今天子方幸太学，宪高年，不佞道昆窃立传故乡，以备惇史	司马氏曰	篇末

续表

篇目	卷次	内容	呈现形式	呈现位置
潘孺人传	卷三十	汪道昆曰：周以内德兴，《关雎》是已。以顺为正，其斯为百嘉之宗与？孔子欲为东周，《春秋》乃作。由闺门以正始，未尝不惓惓焉。正则顺，顺则成，古今未之有改也。	汪道昆曰	篇末
太学生潘图南传	卷三十	作者之言曰："传者，传也，述逝者之美以传之后世者也。"潘生夭矣，吾恶乎传之？无亦其美为可传，即无年而有述也	作者之言曰	篇首
		司马氏曰：语寿则松柏独也，顾青青而不芳；芝兰芳矣，顾幽深而遄死。称物者其芳足多也，视彼后凋何让焉？传者之传图南，大率类此。不佞习诸潘三世矣。自汀州以迄诸少，莫不翩翩，顾独妪鹏举而殈之，何以故？要之天命集矣而盈不耐无虚，地灵宣矣而沃不耐无瘠，家发其祥矣而休不耐无咎，人禀其秀矣而成不耐无亏，理有固然，宁讵能必其各足而无憾也！吾于安仁有遗憾矣，鹏举其后死者与？	司马氏曰	篇末
汪烈女传	卷三十三	太函氏曰：三天子都，其广不耐千乘，歙、休接壤，有若比邻。北山之死大里，潜川之死松山，歙二烈也，吾宗也。县官奇其节，表其闾，列传具在。而临溪之死，亦吾汪也，不亦鼎立乎哉！郡志有言，新安山峭厉，水清激，顾兹女德茂矣！岂公宫之教则然，彼已宫墙发家，所不若粲者，非夫也！	太函氏曰	篇末
许恭襄公传	卷三十四	左司马氏曰：不佞道昆故受先大夫戒，即与闻兵事，绝口不谈。顷岛夷入淮，蟄运道，议遣故右司马江公部兵出讨，简二部郎以从，公首署不佞名，疏入矣	左司马氏	卷末

续表

篇目	卷次	内容	呈现形式	呈现位置
潘汀州传	卷三十四	司马氏曰:不然。昔在真州,公病甚,神乃见梦,授十六言,其言曰:“受天之祜,为龙为光。享国之祚,为成为康。”有周享国久长,成康其选也,盖寿征矣。公当隆庆而受光泽,其龙光之应乎?抑或不于其身,于其后人,则诸孙在	司马氏曰	卷末
程子虚传	卷三十五	太函氏曰:子虚之在吾门,先后为之三致意。其始以为得隽也,夙奇之;及其自放不羁,则责之善;责之善而不吾以也,吾不能不望之深:既死,邻有违言,两家之难起矣。三老无所适主,则抵乡大夫居其间一余谓子虚,尔以谭言解纷,恢恢乎有余地,使子虚而在,宁至此乎?乃今客三山,方舟衔尾而至,其半故习子虚者:即子虚客平康,往往借资长者,脱人于厄,或将归德,则闭户勿与通:余面二仲而深惜之,传立成矣	太函氏曰	篇末
卓征甫传	卷三十六	太函氏曰:昔秦迁卓氏于临邛,故以赀倾蜀。概其质行,吴蜀何啻五千里而遥,昔在西湖,戚元敬为秋社宰,不佞为客,四坐若而人皆名家,征甫与焉,闻者以为高会:越三年,征甫为秋社宰,不佞为客。四坐若而人亦皆名家,其愉快胜之,闻者益以为高会:时则吾友自监司、部署,非直一令为贤。即不佞文无似,大人诸君子尽东南之美矣,甫得主,豪举哉	太函氏曰	篇末

续表

篇目	卷次	内容	呈现形式	呈现位置
聂真人传	卷三十七	太函氏曰：新都踞万山中，多列仙窟宅：余故探奇吊古，暂将一一表章之，顾显者附会，幽者沉沦，卒未之逮。兴道观为聂真人故宇，真人委蜕在焉，其后裔中书君道亨客函中，幸得拜祠墓下，余始为真人立传，则以其从孙炼师附之，聂故受氏于周，盖卫大夫采也。唐封尚书令道茂始徙清江，世家玉笥山，是为清江始祖。历八世而当时济、时泰，乃自玉笥山徙歙州伯氏仍归清江，仲留歙：时泰生体干，体干生师道，即真人。母出吾宗	太函氏曰	篇首
父子御史黄太公黄次公列传	卷三十八	司马氏曰：万石君务躬行，二子并显，资适逢世，舍醇谨无足称。鲍氏三世乘骢，国步工矣，宣秉直节，以身殉之，此其名实禨祥互相倚伏。太公、次公代起，石邪？鲍邪？籍令不挠骨鲠之臣，边事毕举，贡市一疏，何让贾、晁？浸假两君子得志大行，则皆社稷之役也。顾爵仅银青，齿仅斑白，保世滋大，则其子孙。都人士日几几望之矣	司马氏曰	篇末
丁海仙传	卷三十八	泰茅氏曰：世之恂恂躬行者，未必有奇。其或务钓奇，殊不轨于正义，此难以左右废也。海仙之术奇矣，省括而发，不失其正，其行亦奇，不必适人之适而自适其适。询之月旦，评者何居？命之医则良，命之侠则节，命之仙则有委蜕。其天之放民也与哉？乃今友其子，未及其父；式其闾，未见其人，惜也	泰茅氏曰	篇末
吴母徐孺人传	卷三十八	泰茅氏曰：地道无成，而代有终，母道也，妻道也。公宫之教，惟妇顺为兢兢，徐得之矣。敬仲世以柔用事，殆亦君子之强与？敬义立而德不孤，固宜内得主而多助也	泰茅氏曰	篇末

续表

篇目	卷次	内容	呈现形式	呈现位置
周母传	卷三十八	函居士曰:迩闻昙阳上仙,其本来则持昙鸾菩萨行,既以法轮转世,玄白惟其所之。其后八年,周宣薛脱然坐化,要以娄江之节,吴江之孝,夫非净明忠孝也与哉?按谥法,圣善周闻曰宣。"宣薛"称矣,夫高明广大,娄江特闻,概诸中庸,吴江则其实际也。虎溪行潦,尔视曹溪若百谷王。猥云:"望洋大方奚益?僮然得度,则一苇可穷十洲之人也。"得度者也,其西极化人之徒与?吾无间矣	函居士曰	篇末
孝廉汪征士传	卷三十八	司马氏曰:从睦以经术亢吾宗,次公盖四之一也。里中巨万相望,鲜不注其目而艳之。次公嗜义如膏粱,去利如土苴。藉令赵魏为政,不亦公绰乎哉?厄于向往而夭其天年,吾斯之未能诘。顾长沙蚤世,平津晚成,为谊则虽死犹生,为弘则不死,奚益此修短之辨?何论彭觞?	司马氏曰	篇末
奚觉生传	卷三十九	泰茅氏曰:庄生善通物,故能齐物,不悦生,不恶死,故能齐死生。夫非独觉也与哉?夫人必大梦而后大觉耳。调甫公孤主器,出入金马门,执节齐楚之都,周咨远览,公在与在,公归与归,宣力公家,先后四纪。视诸相舍朝为市而夕为虎,栩栩翩翩,成然觉矣。季年自适其适,庶几靖节其人。倪然而遇郑圃公家城,千古犹旦暮也:或曰"逢世之佳公子",然乎哉?	泰茅氏曰	篇末

续表

篇目	卷次	内容	呈现形式	呈现位置
隐君子周有道传	卷三十九	司马氏曰：周之先居道州，元公后也。别祖曰梅叟，守潮而家焉，有道祖述元公，则世类以也。宋大儒犹五岳，元公其岱宗与？南粤之学，昉于陈，盛于湛，世之耳。视者一为玉，一为瑎；顾文简得有道为徒，是足以大吾门矣。昔仲尼登鲍叔于管仲，直以荐贤居多，即一匡之功，视片言诎矣。彼其伏鹄卵者，必鲁鸡也。吾于文简亦云	司马氏曰	篇末
许本善传	卷四十	司马氏曰：剧孟匹夫，条侯得之，如得一敌国。然以侠终，则偏师也。本善以布衣画策，抑孰知其雌雄？及三策毕行，功见言信，卒之引身而退，一龙一蛇。老氏有言："不欲珞珞如玉，碌碌如石。"①则本善其人乎！师古具文武材，职在旗鼓。军志有进无退，师古勉之。临事而惧，好谋而成，吾将以是为教父	司马氏曰	篇末
儒侠传	卷四十	泰茅氏曰：谓景真儒，宜非游、夏；谓景真侠，宜非原、尝，要之质有其文，儒行彰而儒名掩矣。乃若通有无，急缓急，解纷排难，无论戚疏，概诸中庸，不越乎规矩准绳之外。此之为侠，春秋所难，由今以谈，谓之儒，谓之侠可也；谓之非儒，谓之非侠，可也；谓之儒非儒，侠非侠亦可也。胡然而儒也，胡然而侠也，韩非子将焉传之？	泰茅氏曰	篇末
从睦汪母吴孺人传	卷四十	司马氏曰：吾宗出颍川，文王、周公之后也。《周南》始《关雎》而乱《麟趾》，褎然而首国风。成周有道之长，由内治始。《螽斯》《樛木》，壹禀于闺门。顾太姒之百斯男，本支具在；孺人诸子女皆庶也，属之毛，离之里，不亦烝烝乎厚哉！少傅公以《诗》起家，深于《诗》者也	司马氏曰	篇末

① 此句原文有误，应为"不欲琭琭如玉，珞珞如石"，语出《老子》。

续表

篇目	卷次	内容	呈现形式	呈现位置
先大父状	卷四十三	汪道昆曰：吾宗出颍川，后著新安。曾大父有丈夫子五人，次者大父。人以大父长者，称次公。初，曾大父幸长公，守仁公无宠。年十四，会强奴有睚眦者，曾大父怒而不言。公奋白梃，大诟曰："奴蔑家丈人，罪当死。"奴蒲伏受杖，乃白曾大父，罢之。乡人壮公，声名自此起矣。公亢直，不能以一毫挫于人。比居庭，恶声不及犬马。曾大父寝疾，公宵衣侍卧起，旬月始瘳，曾大父乃欢，谓公能子	汪道昆曰	篇首
罗氏姊状	卷四十三	汪道昆曰：余载姊状，详于吾家盖其女德昄昄足称。家罗氏，仅旬月耳。余得谢，而姊之丧未举，则余之罪也。夫何以状，何以状！	汪道昆曰	篇末
明故太学生金长公墓志铭	卷四十六	汪伯子曰：金之先有阴德。洪武初，金仲善为郡狱掾，会郡中有大狱，连逮数百人。掾为之焚其狱辞，无辜者幸得脱。掾乃坐法，编戎行。其后滋蕃，里名金里，长公其苗裔也。余未及见长公，而乡大夫藩伯黄公、宪使邵公与余习伯若季，乃从两公者受室，可概见长公为人。且吴子蜩于文辞，其言可信，遂铭之	汪伯子曰	篇末
继室吴恭人墓志铭	卷四十六	汪伯子曰：嗟乎！此予继室吴恭人墓也。予始有室，而室人死，语在志中，继室以吴恭人，出溪南吴氏。恭人父服贾，举季女淮西，甚珍之……	汪伯子曰	篇首

续表

篇目	卷次	内容	呈现形式	呈现位置
海阳新溪朱处士墓志铭	卷四十七	汪伯子曰：乡人治生者溺贾，送死者溺形家言。贾人操利权，视失得为生死，即有不得，直将以七尺殉之。利令智昏，一何甚也！形家者言，自郭氏始著。要以古人用卜，胡为此拘拘！彼其徼福无餍，猥云待吉。甚者累世不葬，大事之谓何！此两者，皆惑也	汪伯子曰	篇首
明故处士李仲良墓志铭	卷五十五	泰茅氏曰：自道术裂而为三，儒者绌，佛氏滋甚。夫儒服先王之教，日操功令，以徇齐民，然而向者什三，倍者什七。西域去中国踔远，言语谣俗不通，东渡以来，靡然顾化。其间长者子出，率以信心、直心、深心而得菩提心。要之，负俗归宗，华戎一统，儒者以夏摈夏，恶在其不相谋邪！	泰茅氏曰	篇首
江妣贞孙墓志铭	卷六十	司马氏曰：在谥法，清白守节曰贞。江妣孙以奇节特闻，非直守死而已。是岁考终，命踰大耋者六年，余私谥曰贞孙，犹之乎共姜、敬姜也。孙孟奇独当户，将树墓祁山之阳，谒余为志为铭，则方伯季子均为状。余既酌公言而谥之矣，则载笔以告墓大夫	司马氏曰	篇首
孙次公征会记	卷七十一	汪道昆曰：余见父之执，宜莫如次公。长者云，家大人严事次公，其所称愿者，非貌言也。将命者自家大人所，能悉数宾主之辞，籍之可以示后嗣，遂操牍载焉	汪道昆曰	篇末
滑居记	卷七十四	天游子曰：“昔之善居室者，不越乎轮奂苞茂以为言，善矣美矣。至人之居，乃在广莫之野，空明之乡。子其得之仲尼，余何足以知此！”	天游子曰	篇末

续表

篇目	卷次	内容	呈现形式	呈现位置
溪上草堂记	卷七十四	天游子曰："固也，在礼，大夫称老则休之，国事则致之君，家事则传之子。致则人其代之矣，人岂不足君所乎。即使尧舜而为可传，犹不能必之子。国虽可致，家之谓何！邑中二三大夫，范驰驱如出一轨。及其末路，宁不思所税驾哉！要以孚翼不齐，弓裘有待，虽有余力，安得洋洋也者而乐之。主人有才子四人，嗣服无缺，佚之以老，厥有安居，此非人所能为，皆天也。"……天游子曰："嘻，吾故汗漫无家，其涉世者非矣。乃今不为世用，吾宁折节而守常。且君在，吾不得而有吾身；亲在，吾不得而有吾子。其斯天帝之悬未解，吾将自立于张弛之间。"	天游子曰	篇末

表4.1较为集中地展示了司马迁的"太史公曰"的论赞模式对汪道昆的影响。

沿波讨源，汪道昆采用"汪道昆曰"等方式论赞与司马迁不无关系。司马迁采用"太史公曰"这一论赞形式，其形式源自《左传》"君子曰"，但又有不同。《左传》"君子曰"大多就事论事，不具备理论色彩，未能形成体系。具体而言："《左传》所称'君子曰'，多是取当时君子之言，或断以己意做就事论事的评论。而《史记》的'太史公曰'，全书浑然一体，每序每赞，无论长短，自为一体，具有浓厚的理论色彩，并不只是就事论事的评论。'太史公曰'，内容丰赡，涉及政治、经济、军事、思想、文化、天文、地理、历史、伦理、世俗、形势、人事等，往往补篇中所未备。'太史公曰'，议论宏阔，笔势纵横，言辞精练，旨义深微，或考证古史，或叙游历所得，或提示取材义例，或明述作之旨，或褒贬人物，或纵论史事，或隐微讥刺，皆直抒胸臆，观点鲜明，构成了系统的史学理论。司马迁所引典籍及君子之言，如《诗》《书》《论语》、孔子、诸子等，皆化为自己的语言还大量引用诗赋歌谣及鄙语俗谚来加强评论的生动性和通俗化。"①

① 张大可.张大可文集：第四卷[M].北京：商务印书馆，2013：2-3.

汪道昆活用这一体式，或臧否人物，或论说世事，或抒发感慨，或谈论古今，凡此种种，不一而足。“汪道昆曰”等论赞或在篇首，或在篇中，或居篇末，以篇末为多，篇首次之，篇中少见。一般来说，一篇之中，仅见一次。但也有例外，如卷二十八《查八十传》中两次出现“野史氏曰”，揣测其原因，可能是汪道昆对琵琶手查鼐这个人物傲视权贵、精于乐器、从心所欲的行为举止尤为喜欢：“彼以匹夫而距王公。藉令事贵主以干进，彼且羞为之矣。吾乡故多节侠，则鼐其人乎！”，故而多加着墨。

这些评论多三言两语，切中肯綮，一语中的。如卷二十八《吴子钦传》一文结尾：“司马氏曰：嘉靖初，士不论武久矣。见挟短兵、衣短后者，辄洒然以为非常。且也，士有奇，不得一试，愤无所发，卒托非常为名高。或求神仙，或谈王伯，大抵皆放言耳。耳视者不察，或从而訾之。子钦负不羁之材，乘之以肮脏不平之气。彼以淮南为口实，岂其本心哉。不幸而中道夭，竟以任放终焉，惜也。”汪道昆对吴子钦的“布衣之豪”发表议论，指出其有“豪侠之气”乃不得已而为之，是因为“愤无所发”，实乃诛心之论，与司马迁之“发愤著书”遥遥相通，隔代呼应。

无独有偶，同时代的王世贞也与此很相似。王世贞《弇州山人四部稿》《弇州山人四部续稿》中亦以“弇州生曰”“弇山生曰”“弇山人曰”“王子曰”“王先生曰”“王世贞曰”“世贞曰”“王生曰”“弇州外史曰”“外史氏曰”“逸史氏曰”“外史曰”“赞曰”等方式体现的论赞模式共有 13 种。①

其次，汪道昆模仿司马迁《史记》，将同一类型的人物合传论之，如卷三十一《世医吴洋吴桥列传》。因吴洋、吴桥二人系父子关系，又同擅医术，故合而传之。该传在汪道昆散文中属于最长的一篇，单列一卷，既有极高的医学史价值，又有一定的文学价值，值得细评。

《世医吴洋吴桥列传》模仿《史记》之《扁鹊仓公列传》，他们四人同为医家，医术同样精通，但却又同中有异。相同之处在于司马迁以妙笔展示了扁鹊、淳于意（仓公）的精湛医术；汪道昆则用翔实的医案诠释了吴洋、吴桥父子二人“医者仁心”的典型医案。细读两篇文本，发现不同之处有以下几个方面。其一，虚实各异。《扁鹊仓公列传》首先选取了“扁鹊医治赵简子”“扁鹊医治虢太子”“扁鹊见齐桓侯”等故事，然后以问答的形式介绍了淳于

---

① 杨玲，牛慧慧．王世贞传记论赞对“太史公曰”的模拟[J]．档案，2018(5)：48-53．

意医治成功的25个典型医案，最后淳于意回答了同病不同治、决断病人死活时间有的应验有的未应验、诸侯王是否向其请教、齐文王一病不起之原因、从师阳庆、他人是否向其学医术、治病是否有失误等问题。与扁鹊相关的三个医案，据考证“人物与时间不符”，相关事迹并非扁鹊所为。与此同时，《扁鹊仓公列传》还提出了“六不治”理论，即“骄恣不论于理，一不治也；轻身重财，二不治也；衣食不能适，三不治也；阴阳并，藏气不定，四不治也；形羸不能服药，五不治也，信巫不信医，六不治也。有此一者，则重难治也”①，该理论的提出者并非扁鹊，而是司马迁。司马迁之所以作如此处理，其目的是“借助塑造扁鹊这一神医形象树立‘上医医国’的历史观念，同时表达他对刘濞分裂国家和汉景帝处理七国之乱不力的批评”②。而关于淳于意相关的事迹则较为可信。之所以如此，原因在于司马迁“把他和扁鹊放在同一篇传记，一方面是因为他们同为医者，而且淳于意远韶扁鹊；另一方面也是为了表明司马迁撰写此篇传记的终极意旨是阐述上医医国的治世理念，指刺现实政治”③。《世医吴洋吴桥列传》则选取了吴洋、吴桥父子二人在行医生涯中的典型医案共61例，其中吴洋4例，吴桥57例。④ 病患中既有吴洋、吴桥父子身边的族人、亲人、邻人等，如吴洋“里人”闵节用、郑元俊、方大澂等，有些还是汪道昆的亲人，如“余从叔母吴”“予弟道贯”等，也有官宦子弟，如淮府仪卫司周千户孙等。这些人物名姓虽未俱全，但都是真实存在之人。原因在于传主吴洋乃汪道昆舅父，曾传医术于汪道昆之父，吴桥是汪道昆表兄，都是亲友，故而文中所列医案皆真实可信。其二，情感倾向不同。如前所述，作为肩负历史使命的司马迁，其撰写《扁鹊仓公列传》的根本目的是借助这一类人物的不幸遭遇表达对历史及当下现实的思考，目的是抒发深沉的人生感喟：“女无美恶，居宫见妒；士无贤不肖，入

---

① 司马迁.史记[M].北京：中华书局，1959：2794.

② 杨玲.文本细读、春秋笔法与《史记·扁鹊仓公列传》释疑[J].渭南师范学院学报，2018，33(13)：52-61，87.

③ 杨玲.文本细读、春秋笔法与《史记·扁鹊仓公列传》释疑[J].渭南师范学院学报，2018，33(13)：52-61，87.

④ 吴洋诊治的病例数按患者姓名逐一计算，计为4例；吴桥的情况稍微特殊，在诊治槐塘老叟程龙时，程龙“六脉沉沉，垂绝矣”，但他不顾念自身安危，反而念及其从侄继鸾“年四十，病瘵且危，家极贫，举室五口，嗷嗷待哺”，希望吴桥不要救自己，去救治继鸾，“即龙死，贤于生”。继鸾得救，程龙“大喜过望”，病情得以缓解，后服药亦得救，从而留下了一段利人利己的佳话。因此，将程龙和其从侄程继鸾病例一并合计为2例。

朝见疑。故扁鹊以其伎见殃，仓公乃匿迹自隐而当刑。缇萦通尺牍，父得以后宁。故老子曰‘美好者不祥之器’，岂谓扁鹊等邪？若仓公者，可谓近之矣。”汪道昆以洋洋数言、若干案例，写吴氏父子二人高超技艺和优良医德，汪道昆为父子二人立传目的在于体现医者的价值：“虽小道，夫非龙门之史、绛侯条侯之将、韦氏之经术乎哉。”（卷三十一《世医吴洋吴桥列传》）又如卷三十八《乡饮三老传》，将三位乡贤合而传之，写他们的嘉言懿行以“阐幽贞，扬侧陋”。

再次，汪道昆借鉴司马迁《史记》之“互见法”。概而言之，“互见法”乃本传晦之，他传发之，这样一方面为了避讳，另一方面也为了使文章紧凑，不拖沓。如卷三十二《天宝江氏家谱序》：“次公居常有孝友之誉，语在何先生传中。”又如卷三十四《方思善传》：“凡诸眇论，具在伯子时化谱中。”再如卷七十四《溪上草堂记》：“诸大夫名氏载江渐江先生传中。”汪道昆散文借用“互见法”，不是为了避讳，而是使文章条理清楚，不枝蔓。人物事迹可以通过相关传状、墓志铭、家谱相互勾连，相互阐发。

最后，汪道昆为市井细民立传，此点颇近司马迁。众所周知，司马迁七十列传有不少是为名不见经传的小人物而写，如刺客、滑稽、农民起义领袖、货殖、隐士等。汪道昆亦如是，其笔下有医者、隐士、庖人、真人等。为这些小人物立传，让他们在历史的洪流中有一席之地，不致被历史淹没。

概而言之，汪道昆借鉴司马迁笔法，从体例章法上学习《史记》，并有一定程度上的超越。

四、言简义丰，平实自然

汪道昆散文语言精练，超过万言的不多，大多为数百言或千言。散文语言质朴，言简义丰，平实自然，不作华丽之语。

汪道昆散文多用谚语俗语或前人名言，如“周之士贵，秦之士贱”“力田不如逢年，善仕不如巧合”“诗书隐约，欲遂其志者之思也”“文武不备，良民惧”“深山大泽，实生龙蛇”“卿月升金掌，王春度玉墀”“国俭则示之以礼”“良田无晚岁，膏泽多丰年”“贪夫徇财，烈士徇名”“大海无润，至仁无恩”“习俗移人，贤者不免”“士不必贤世，要之知道”“天下无害，虽圣人无所施才；上下和同，虽贤者无所立功”“鸷鸟累百，不如一鹗”“易奇而法”“亲亲而后仁民”“所过者化，所存者神”“不于其身，于其子孙”“攻坚则瑕者坚，攻瑕则坚者瑕”“非此其身，则其子孙”“敬老，为其近于亲也”“身且隐矣，焉用文之”“千金之裘，非一狐之腋也”“作者之谓圣，述者之谓明”“虚其心，实其腹”“在则人，亡则书”“天不人不因，人不天不成”“民罔常怀，怀于有仁”“事君不忠，非孝也”“树谷者殖，树木者荫”“行或使之，止或尼之”“哲夫成城”“前事之不忘，后事者之师也”“部娄无松柏”“文武不备良民惧”“人道亲亲也”“道之真以治身，其绪余以为国家，其土苴以治天下”“士先志，官先事”等。

汪道昆在使用上述语典时，前面大多加以“语曰”这一标记符号，引用时一般采用或直接引用或略加改写引用（如将典出《左传》的“身将隐矣，焉用文之”改写为“身且隐矣，焉用文之”）或截取引用（如将典出《诗经》的“哲夫成城，哲妇倾城”截取为“哲夫成城”）或颠倒语序（如将典出《学记》的“官先事，士先志”颠倒为“士先志，官先事”）等四种方式。这些语言因众所周知或世代流传，可以起到以一总多，言简意赅的效果。借助已形成文化积淀的语言，一方面帮助说理，使之有说服力；另一方面也可以展示作者的见识才学和知识倾向，这些前人名言大多来自《道德经》《论语》《诗经》《庄子》《孟子》《左传》《礼记》《乐记》《法言》《史记》《汉书》等典籍，与复古派作家的知识储备大致相似。

汪道昆散文中还可以见到庄子的语言，他多次引用庄子的名言：“君子得其时则驾，不得其时则蓬累而行。”①引用庄子的语言来阐述“操行之轨”，同时也以此语自况。汪道昆由庄子语言生发开去，谈士子“得时”的问题。与此同时，在散文中汪道昆也大量引用庄子散文中的典故，如“庖丁解牛”“郢人灭垩”“丈人承蜩”等。汪道昆通过这些典故谈养生之道、技道关系、用心专一等人生问题。此外，汲黯、贾谊、卫青、霍去病等汉代历史人物汪道昆也多次提及，借助这些历史人物汪道昆抒发怀才不遇，“得时”与“失时”问题。

汪道昆散文还注重语言的组织和节奏的运用，连用短句，给文章造成一定的气势，如卷十二《封柱国少师张公七十寿序》：“为而不宰，有而不居，用而不穷，运而无所，积孰隆施，是其机则然矣”；“吾见其无成心，无德色，

① 《太函集》中汪道昆将此语误为老子所言。

无溢喜，无私忧。”连用短句，音节错落，铿锵有力，整齐而有变化，富有气势。

汪道昆散文还大量运用虚词，使文章灵活多变，情韵丰富。如卷二《少司马陆公平寇序》：“嗟乎，岂徒公之智术足多哉！此有由本也。”又如卷二《送方伯曾公序》：“嗟乎！余观古人，庶几乎得公之心矣。”“嗟乎！余疆场吏也，安能视曾公？然公去，则余怦怦心动矣。”虚词的大量运用，古已有之，最典型的莫过于韩愈。韩愈名篇《马说》，全文共115个字，虚字占41个，汪道昆庶几近之。

前人多批评汪道昆散文多用古语，以致语言“扞格不畅”。诚然，汪道昆部分散文有这样的毛病，滥用古语，几成“碑版纪事”。然而大部分散文能够抒发心声，语言得体，气盛言宜。

第五章　汪道昆的戏曲

明代特别是晚明时期，戏曲发达。意大利传教士曾用好奇的语气写他来到中国后的见闻和观感："我相信这个民族是太爱好戏曲表演了。至少他们在这个地方肯定超过我们。……凡盛大宴会都要雇用这些戏班，听到召唤他们就准备好上演普通剧目中的任何一出。"[①]

徽州亦然，"徽俗最喜搭台观戏。此皆轻薄游闲子弟假神会之名科敛自肥及窥看妇女，骗索酒食，因而打行赌贼，乘机生事。甚可怜者，或奸或盗，看戏之人方且瞠目欢笑，不知其家已有窥其衣见其私者矣。本县意欲痛革此陋风，而习久不化。然尝思尔民每来纳粮，不过一钱二钱便觉甚难，措置一台戏，量钱灯烛之费、亲友茶酒之费、儿女粥饭果饼之费等来，亦是多此一番喧哄，况又从此便成告状和事，一冬不得清宁者乎？且今四方多事，为尔民者只宜勤俭务本，并力同心以御盗贼，设法积贵以纳钱粮，切不可听人说某班女旦好，某班行头新，徒饱恶少之腹也。其富室庆贺，只宜在本家厅上；出殡搬喑尤属非礼。如有故违之人，重责枷示"[②]。作为一县之令的傅岩尽管是持否定的角度看待"徽俗最喜搭台唱戏"并"禁夜戏"的，但也从一个侧面反映了明代徽州地区演戏活动的兴盛。徐朔方先生亦指出："汪道昆的家乡徽州是附近各地大同小异的诸腔中心。根据他（按，此处指汪道昆）所编的年谱，汪道昆早在十多岁时就在改编小说为戏曲。当他前往襄阳时，即使他不像别的官员那样随带伶人赴任，凭他对徽州地方戏的

① 利玛窦，金尼阁. 利玛窦中国札记[M]. 何高济，王遵仲，李申，译. 北京：中华书局，1983：24.

② 傅岩. 歙纪[M]. 合肥：黄山书社，2007：107-108.

修养也可能对襄阳的艺人发生有意无意的影响。"[①]也正是在襄阳知府任上，汪道昆创作了戏曲史上具有重要价值的《大雅堂杂剧》。

《大雅堂杂剧》也叫《大雅堂乐府》，共有四个短杂剧，每剧演绎一个历史故事，各剧之间相对独立，分别为《楚襄王阳台入梦》《陶朱公五湖泛舟》《张京兆戏作远山》《陈思王悲生洛水》，也可简称为《高唐梦》《五湖游》《远山戏》《洛水悲》(以下从简称)，学界多有研究，前面绪论部分已经提及。近年来关于汪道昆戏曲研究的论著中，刘彭冰的研究较为深入全面，他在《汪道昆文学与交游研究》一书中，单列第三章"戏曲创作"，分别从"《大雅堂序》考论""《大雅堂杂剧》及其他""《大雅堂杂剧》与《四声猿》比较"等维度展开，征引材料十分丰富，具有极高的学理价值。本章主要围绕与《大雅堂杂剧》相关的主题接受、辞章之美等方面的问题加以分析，并参之以前面提及的诗歌、散文创作，探究汪道昆戏曲创作的美学价值。

第一节　如何看待《大雅堂杂剧》的主题

解读《大雅堂杂剧》必须要正视这样一个问题，汪道昆创作该剧的时间为嘉靖三十八年(1559)，当时他 35 岁，正当盛年。之前一年，汪道昆开始任襄阳知府。也就是说，汪道昆在襄阳知府任上创作了《大雅堂杂剧》，而非致仕归乡时创作的，但通读《高唐梦》《五湖游》《远山戏》《洛水悲》，我们发现其中出现频率最高的词语是"愁"：

> 愁人花木几重遮，也泪滴湘江水、几时彻。(《高唐梦》)
> 本是一场春梦，惹起百种离愁。(《高唐梦》)
> 试看水鸟双双原有偶，一任芳草萋萋江上愁。(《五湖游》)
> 日暮乡关何处是？烟波江上使人愁。(《五湖游》)
> 卢家少妇多愁思，海燕双栖玳瑁梁。(《远山戏》)
> 凭阑问道人归未？眇眇愁余淡扫眉。(《洛水悲》)
> 脉脉穷愁、昭昭灵响，何处断人肠？(《洛水悲》)

① 徐朔方.晚明曲家年谱:第三卷[M].杭州:浙江古籍出版社,1993:11-12.

临风悼亡,忏愁心匹鸟河洲上。(《洛水悲》)

只怕他洞房佩冷愁无极,能勾合浦珠还乐未央?(《洛水悲》)

欲归忘故道,顾望但怀愁。(《洛水悲》)

此外还有“鹧鸪”“鹈鴂”“望帝”“泪滴”“飞叶”等蕴含忧伤愁苦等情感的意象。以上现象的出现对仕途渐起、正当盛年的汪道昆实在是匪夷所思,难道是矫揉造作,“为赋新词强说愁”?答案显然不是如此简单。

有论者指出:“《高唐梦》《五湖游》《洛水悲》杂剧以宋玉、曹植、范蠡等悲剧人物为主人公,通过已然作古的悲剧人物来感叹人情翻覆、繁华易逝,感叹人生价值的失落,充满了悲叹人生的抒情色彩,如同一首首悲叹人生的哀歌。与那些讨论到具体的社会问题,直接反映尖锐矛盾冲突的戏曲不同,在这里,个体价值的沉思成为艺术表现的中心。是出是处、是梦是醒、是真是幻的探讨,表现了个体对外部世界混乱与无序的困惑、反思和逃离,表现出对文士阶层命运的普遍关注和忧虑。”①唯其如此,方能真正理解汪道昆心中深深的愁苦与悲伤。

若进一步拉长时间维度,结合汪道昆后半生的遭际,对此问题的理解可能会更深一步。此处我们试图突破文体的局限,将汪道昆乡居期间创作的《秋吟八首》与《大雅堂杂剧》对读,会发现两者存在很多相似之处。前文已提及,汪道昆《秋吟八首》作于万历十三年(1585),此时已赋闲乡居十年。《秋吟八首》既有对往昔峥嵘岁月的深情回望“执戟当年扈冕旒,两朝圣寿介清秋”(其一),也有如今赋闲在家的无可奈何“十年转忆当时事,七尺空存报主身”(其三),更有期待重返战场杀敌报国的热切期盼“至今瀚海无传箭,敢向阴山更射雕”(其二),但最多的是空怀壮志、被迫隐居的不甘“白头只对黄花老,千古陶潜识此心”(其八)。

回到《大雅堂杂剧》,其中有不少意象与《秋吟八首》有相近或相同之处:“待学他织锦天孙也,月照流黄心百结”(《高唐梦》)与“天孙夜织锦千林”(《秋吟八首》其八);“日上扶桑峰头,一片晴雪凄切”(《高唐梦》)与“初日扶桑殊自失”(《秋吟八首》其一);“深愿淹留,亲承燕好,无奈箭催五夜”(《高唐梦》)与“五夜衣冠侍晓筹”(《秋吟八首》其一);“青鸾何事飞难至”

---

① 杨瑾.再论《大雅堂杂剧》的思想内涵:抒写文人的时代困惑[J].黄山学院学报,2011,13(2):63-67.

(《远山戏》)与“鼓翼忽来青鸟使”(《秋吟八首》其六)等。上引“天孙”“扶桑”“五夜”“青鸾(青鸟)”等这些相似或相近的意象既具有共同的语义符码,又展示相近的情感所指。缘于此,正当盛年的汪道昆能够创作出《大雅堂杂剧》这样寄寓感慨和忧愁的作品也就毫不为奇了。

从创作身份上来看,汪道昆属于“文人剧”作家。就创作动机而言,“这些文人剧作家,一般出生于所谓‘书香门第’,受过良好的传统文化教育,其政治经济地位固然比不上藩府亲王,但也远非元代那些沦为与乞丐、艺伎为伍的落魄儒士可比。就其接触社会面和具有独特个性来说,也和明初宫廷剧作家不同。借用人本主义心理学的理论描述,作为创作主体,低层次的生存、安全和归属需求已不再是他们创作心理结构中占优势的自然趋向了。决定其创作动机的是强烈的追求尊重和自我实现的需求,他们迫切需要通过创作来排遣自己内心的郁闷,以达到心理平衡的目的”①。细读《大雅堂杂剧》文本,毫无疑问,《五湖游》借范蠡、西施故事演绎范蠡的过人胆识、西施的才貌双全,但最终只能被迫归隐;《洛水悲》借曹植、甄后故事诠释曹植的政治失意和曹植对甄后的无尽思念;《高唐梦》借楚襄王梦神女、宋玉作赋故事展示襄王对神女的爱慕只不过是在梦中实现,梦醒之后,一切皆空。稍微复杂点的是《远山戏》,表面上看是写张敞为妻画眉故事,似乎不过是文人摹写夫妻恩爱的风流韵事,实则不然。如果联系汪道昆个人的婚姻生活就可以发现其背后的深层意蕴。前文已述,《大雅堂杂剧》作于嘉靖三十八年(1559),此前的16年前,也就是嘉靖二十二年(1543),汪道昆之妻吴氏病卒,吴氏卒后的第十年,续娶的另一位吴氏也不幸病逝。不到20年时间,先后有两位亲人去世,于汪道昆而言,婚姻生活可谓是极为不幸。因此,“剧中”的张氏夫妻生活越是恩爱,越显得“剧外”的汪道昆个人婚姻生活愈加不幸。

综上所述,不能把《大雅堂杂剧》简单看成遣宾娱兴的游戏之作,而应立足汪道昆个人生平和所处的时代,将其解读为寄慨遥深的感怀之作。

---

① 徐子方.明杂剧作家论[J].江苏师范大学学报(哲学社会科学版),2013(6):36.

第二节 《大雅堂杂剧》的辞章之美

作为借历史人物浇胸中之块垒的剧作,《大雅堂杂剧》袭用或化用前人典故自是应有之义。恰切的典故使用既可以提升文本的历史感,又能展示文本的辞章之美。

关于《大雅堂杂剧》用典情况,有学者已进行了细致分析,统计结果如下:

《高唐梦》运用先唐诗文 17 处(《诗经》2,《左传》1,《庄子》3,《九歌》4、《渔父》1,《风赋》《招魂》《神女赋》各 1,《洛神赋》2,《古诗十九首》1);用唐诗 15 处(沈佺期诗 1,孟浩然诗 1,李白诗 2,杜甫诗 5,钱起诗 1,元稹诗 1,杜牧诗 1,李商隐诗 3);用宋诗 1 处(俞德邻诗)。

《五湖游》运用先唐文 3 处(《庄子》1,《史记》2);用唐诗 10 处(李白诗 1,崔颢诗 2,杜甫诗 5,张继诗 1,赵嘏诗 1);用宋元诗赋 4 处(王安石诗 1,释法泉诗 1,《后赤壁赋》1,[元末]郭钰诗 1)。

《远山戏》运用《诗经》2 处;用唐诗 12 处(沈佺期诗 2,孟浩然诗 1,王昌龄诗 1,李白诗 3,杜甫诗 2,岑参诗 1,贾至诗 1,白居易诗 1);用宋诗词 6 处(王安石诗 1,苏轼诗 1,晏几道词 1,杨万里诗 1,卢梅坡诗 1,陈允平诗 1)。

《洛水悲》运用先唐诗 8 处(《诗经》2,张衡诗 1,《古诗十九首》1,曹植《美女篇》1、《赠王粲》2、《赠白马王彪》1);用唐诗 4 处(孟浩然诗 1,杜甫诗 3);用宋诗 1 处(杨朴诗)。①

从中可以看出,《大雅堂杂剧》征引文献之多,涉及经史子集,包括诗词文赋,其中征引杜诗最多,共 15 处。前文在诗歌部分已提到汪道昆受杜甫的影响较大,于此也约略可见。

除用典外,《大雅堂杂剧》还运用了比喻、排比、反复、对仗等词格,一一列举如下:

① 叶天山.《大雅堂杂剧》辞章论析[J].中国古代小说戏剧研究,2019(1):194-205.

真个曲如新月，淡似春山。（《远山戏》）——比喻

王程鞅掌、王程鞅掌，君恩骀荡。（《洛水悲》）——反复

想那凤凰池争似得五湖头，虎豹关争得似三江口。紫驼峰争似入馔鱼，碧梧阴争似垂堤柳。（《五湖游》）——比喻、排比

樽前宜粉泽，座上即丹丘。（《洛水悲》）——对仗

上述辞格的充分运用，体现了《大雅堂杂剧》的辞章之美。除此之外，《大雅堂杂剧》中的景物描写也值得一提：诸如"宝马雕弓意气赊，云物宜人，白日未斜"（《高唐梦》）、"云石荧荧高叶晓，风江飒飒乱帆秋"（《五湖游》）、"开帘一片落花飞，好鸟吟春别院啼"（《远山戏》）、"歇马登高驰望，极目云沙烟莽，山历历，水汤汤"（《洛水悲》）等，写景不模山范水，但能形神兼备，如在目前。

第三节　《大雅堂杂剧》的文学史意义

《大雅堂杂剧》自问世以来，评价不一。褒之者将其誉之为"南音绝唱"（胡应麟《少室山房集》卷一百十三《杂柬汪公谈艺五通》），明末沈泰编《盛明杂剧》初集、二集，将其置于初集之首，紧随其后的是徐渭《四声猿》；贬之者认为《大雅堂杂剧》"都非当行"（沈德符《顾曲杂言・杂剧》）。其在文学史上的价值到底如何，我们应重新审慎辨别，客观评价。

《大雅堂杂剧》前有署名为"东圃主人"的序，该序曰：

襄王孙曰："国风变而为乐府，乐府变而为传奇，卑卑甚矣。"然或谈言微中，其滑稽之流与？乃若江汉之间，湘累、郢客之遗，犹有存者。顷得两都遗事而文献足征，窃比吴趋，被之歌舞。宾既卒爵，乃令部下陈之。贵在属餍一脔足矣，彼或端冕而卧，其无求多于予哉。[①]

序中借"襄王孙"之口指出戏剧（传奇）虽由国风、乐府演变而来，"卑卑甚矣"，一般视为小道，但仍蕴含着微妙或深刻的道理。故而发问：难道戏剧是继承了自古以来以滑稽的言谈举止行规谏之实的传统吗？此处貌似

① 汪道昆．大雅堂杂剧[M]//刘彭冰．汪道昆文学与交游研究．北京：中国文史出版社，2018：39-40．

提问，实则是肯定了戏剧的讽喻意义。[①] 汪道昆以自己的创作实践为戏剧正名，在文学史上留下浓墨重彩的一笔。

具体而言，《大雅堂杂剧》有以下价值：一是丰富了明代戏曲创作的种类。明代戏曲主要是传奇和杂剧两种，而尤以传奇成就为高。汪道昆和徐渭一样，只有南剧，未曾创作传奇。汪道昆、徐渭等杂剧的出现，为明代戏曲创作注入了新鲜的血液和丰富的内容，一定程度上推动了明代杂剧创作的发展。二是为后世戏曲创作提供借鉴。"四折杂剧，既可独立演出，又可合成一本。清代洪昇的《四婵娟》和舒位的《瓶笙馆修箫谱》从汪道昆的作品中得到启发。"[②]三是为了解明代士人精神状态提供了一种解读样本。相比较诗文而言，戏曲以其喜闻乐见的传播模式更能为普罗大众所接受。汪道昆借历史人物抒发胸中块垒为后世创作提供了借鉴，也为后代读书人了解明代士人精神状态开设了一扇窗户，提供了可供解读的鲜活样本。

---

① 金宁芬.《大雅堂序》的作者究竟是谁？[J].文学遗产，2004(6)：130-131.

② 徐朔方.晚明曲家年谱：第三卷[M].杭州：浙江古籍出版社，1993：11.

结　　语

作为与李攀龙、王世贞鼎足而三的明代中后期文坛的领袖人物汪道昆，其文学成就并非像前人所批评的那样一无是处，也不是尽善尽美，而是有自己的特色。

汪道昆的诗歌理论一定程度上修正了“七子派”的复古论调，有自己的新见。其诗歌理论对随之而后的公安派、竟陵派有一定的影响。汪道昆诗歌创作较为丰富，其诗歌受杜甫等人影响较大，主要体现在字法和句法上。汪道昆诗歌内容较为全面，不完全是应酬之作，其军旅生活诗扩大了唐以来边塞诗的表现范围。同时由于汪道昆亲身参与军旅生活，有自己的切身体会，其诗歌更能感同身受，无浮泛虚空之失。汪道昆的七古成就最高，该类诗气势宏阔，有盛唐之风。汪道昆的咏怀诗对历史人物的评价不人云亦云，有自己的看法。汪道昆以组诗的形式写律诗，继承了杜甫诗歌创作的优秀成果，扩大了律诗的表现范围。同时，汪道昆积极奖掖后进，组织诗社，主持文坛集会。在他的影响下，富有地方色彩、较有影响力的一个地方诗群随之而生——新安诗群。新安诗群不仅丰富了明代诗史，而且也无形之中提升了地域文学的影响力。

将汪道昆的散文放在徽文化的视野下考察可能更见汪道昆散文的特色。出身徽商家庭、新安理学思想、宗族伦理思想等对汪道昆的影响很大。在其散文创作中，其传状文成就最高，尤其是为徽商所作的传记更见汪道昆散文创作水平。汪道昆散文和“七子派”一样，“文必秦汉”，受秦汉散文影响较大，古语古貌，但也有不同之处。汪道昆散文多学司马迁，其章法体例颇近太史公。汪道昆散文富有气势，语言精练，理直气壮，气盛言宜，其风格又近似韩愈。

汪道昆的戏曲打破了以往结构模式,四剧均为一本一折,多角演唱,在体制上具有革新意义;内容上具有深厚的感伤色彩,不完全是游戏之作。

概而言之,汪道昆生在明中叶,一生经历多重身份,喜欢任事,好热闹,其诗文有一定的成就。生前暴得大名,死后非议较大,褒贬之间,其面目已模糊不清。平心而论,立足当时文坛,我们发现,“汪道昆在与李、王并建旗鼓而勉力于七子大业之际,也表现出谋求独辟门户的努力”。① 换而言之,“汪道昆是一个处在十字路口的作家”。② 既沿袭传统,又寻求新变。

① 郑利华.汪道昆与嘉、万时期文坛的复古活动:以汪道昆与七子派关系考察为中心[J].求是学刊,2008(2):95-103.

② 耿传友.汪道昆商人传记研究[D].合肥:安徽大学,2002.

参 考 文 献

一、古代典籍

[1] [汉]司马迁.史记[M].北京:中华书局,1959.

[2] [明]汪道昆.太函集[M].胡益民,余国庆,点校.合肥:黄山书社,2004.

[3] [明]屠隆.由拳集[M].四库全书存目丛书本.济南:齐鲁书社,1997.

[4] [明]王世贞.弇州四部稿[Z].台湾商务印书馆影印文渊阁四库全书本.

[5] [明]王世贞.弇州山人续稿[Z].台湾商务印书馆影印文渊阁四库全书本.

[6] [明]胡应麟.诗薮[M].上海:上海古籍出版社,1979.

[7] [明]沈德符.万历野获编[M].北京:中华书局,1980.

[8] [明]李梦阳.李梦阳集校笺[M].郝润华,校笺.北京:中华书局,2020.

[9] [清]钱谦益.列朝诗集小传[M].上海:上海古籍出版社,1983.

[10] [清]陈田.明诗纪事[M].上海:上海古籍出版社,1993.

[11] [清]张廷玉,等.明史[M].北京:中华书局,1974.

[12] [清]沈德潜.明诗别裁集[M].上海:上海古籍出版社,1979.

[13] [清]永瑢,等.四库全书总目[M].北京:中华书局,1965.

[14] [清]沈德潜.古诗源[M].北京:中华书局,2006.

[15] [清]刘熙载.艺概[M].上海:上海古籍出版社,1978.

二、近人著作

[1] 朱万曙.徽商与明清文学[M].北京:人民文学出版社,2014.

[2] 郭英德.明清文学史讲演录[M].桂林:广西师范大学出版社,2005.

[3] 傅惜华.明代杂剧全目[M].北京:作家出版社,1958.
[4] 郑振铎.插图本中国文学史[M].北京:人民文学出版社,1957.
[5] 刘彭冰.汪道昆文学与交游研究[M].北京:中国文史出版社,2018.
[6] 庄一拂.古典戏曲存目汇考[M].上海:上海古籍出版社,1982.
[7] 陈玉强.轨范与心源:明代诗学的中古接受研究[M].北京:社会科学文献出版社,2021.
[8] 蒋寅.视角与方法:中国文学史探索[M].北京:北京大学出版社,2018.
[9] 汪超宏.晚明曲家考[M].北京:中国社会科学出版社,2006.
[10] 利玛窦,金尼阁.利玛窦中国札记[M].何高济,王遵仲,李申,译.北京:中华书局,1983.
[11] 青木正儿.中国近代戏曲史[M].王吉鲁,译.北京:北京出版社,1958.
[12] 徐朔方.晚明曲家年谱[M].杭州:浙江古籍出版社,1993.
[13] 邵毅平.中国文学中的商人世界[M].上海:复旦大学出版社,2005.
[14] 韩结根.明代徽州文学研究[M].上海:复旦大学出版社,2006.
[15] 黄仁宇.万历十五年[M].北京:生活·读书·新知三联书店,2006.
[16] 邓绍基,史铁良.明代文学研究[M].北京:北京出版社,2001.
[17] 罗宗强.明代后期士人心态研究[M].天津:南开大学出版社,2006.
[18] 莫砺锋.古典诗学的文化观照[M].北京:中华书局,2005.
[19] 余恕诚.唐诗风貌[M].合肥:安徽大学出版社,1997.
[20] 李道英.唐宋古文研究[M].北京:北京师范大学出版社,2005.
[21] 陈文新.明代诗学的逻辑进程与主要理论问题[M].武汉:武汉大学出版社,2007.
[22] 李圣华.晚明诗歌研究[M].北京:人民文学出版社,2002.
[23] 左东岭.李贽与晚明文学思想[M].天津:天津人民出版社,1997.
[24] 左东岭.王学与中晚明士人心态[M].北京:人民文学出版社,2000.
[25] 郭绍虞.照隅室古典文学论集:下编[M].上海:上海古籍出版社,1983.
[26] 于年湖.杜诗语言艺术研究[M].济南:齐鲁书社,2007.
[27] 陈建华.中国江浙地区十四至十七世纪社会意识与文学[M].北京:学林出版社,1992.
[28] 莫砺锋.杜甫诗歌讲演录[M].桂林:广西师范大学出版社,2007.
[29] 张海鹏.徽商研究[M].合肥:安徽人民出版社,1995.
[30] 张海鹏.明清徽商资料选编[M].合肥:黄山书社,1985.
[31] 陈国球.明代复古派唐诗论研究[M].北京:北京大学出版社,2007.
[32] 胡世厚,邓绍基.中国古代戏曲家评传[M].郑州:中州古籍出版社,1992.
[33] 廖可斌.复古派与明代文学思潮[M].台湾:文津出版社 1994.
[34] 廖可斌.明代文学复古运动研究[M].上海:上海古籍出版社,1994.

[35] 宋克夫,韩晓.心学与文学论稿:明代嘉靖万历时期文学概观[M].北京:中国社会科学出版社,2002.

[36] 陈平原.从文人之文到学者之文:明清散文研究[M].北京:生活·读书·新知三联书店,2004.

[37] 袁震宇,刘明今.中国文学批评通史[M].上海:上海古籍出版社,1996.

[38] 袁行霈,孟二冬,丁放.中国诗学通论[M].合肥:安徽教育出版社,1994.

[39] 陈书录.儒商及文化与文学[M].北京:中华书局,2007.

[40] 陈书录.明代诗文的演变[M].南京:江苏教育出版社,1996.

[41] 黄卓越.明永乐至嘉靖初诗文观研究[M].北京:北京师范大学出版社,2001.

[42] 黄卓越.明中后期文学思想研究[M].北京:北京大学出版社,2005.

[43] 郑利华.明代中期文学演进与城市形态[M].上海:复旦大学出版社,1995.

[44] 郑利华.王世贞研究[M].北京:学林出版社,2002.

[45] 郑利华.王世贞年谱[M].上海:复旦大学出版社,1993.

[46] 郑利华.前后七子研究[M].上海:上海古籍出版社,2015.

[47] 郑利华.明代诗学思想史[M].上海:上海古籍出版社,2022.

[48] 余来明.明代复古的众声与别调[M].北京:中华书局,2020.

[49] 余来明.嘉靖前期诗坛研究:1522—1550[M].武汉:武汉大学出版社,2009.

[50] 何宗美.文人结社与明代文学的演进[M].北京:人民出版社,2011.

[51] 张健.明代徽州鸿儒汪道昆研究[M].芜湖:安徽师范大学出版社,2014.

三、研究论文

[1] 刘彭冰.汪道昆研究现状简述[J].古籍整理研究学刊,2007(5).

[2] 赵克生.汪道昆与徽商[J].六安师专学报,1999(1).

[3] 赵克生.《明史·汪道昆传》补正[J].安徽史学,1997(3).

[4] 郑利华.汪道昆与嘉、万时期文坛的复古运动:以汪道昆与七子派关系考察为中心[J].求是学刊,2008(2).

[5] 唐力行.明清以来苏州、徽州的区域互动与江南社会的变迁[J].史林,2004(2).

[6] 耿传友.白榆社述略[J].黄山学院学报,2007(1).

[7] 谢群.中国文论中“才”“法”矛盾的解决方式[J].兰州学刊,2004(5).

[8] 王世华,李锦胜.明清徽商与新安画派[J].学术月刊,2005(1).

[9] 赵杏根.论佛教对中国古典诗歌的影响[J].中国韵文学刊,2003(1).

[10] 杨瑾.汪道昆六论[D].芜湖:安徽师范大学,2004.

[11] 耿传友.汪道昆商人传记研究[D].合肥:安徽大学,2002.

[12] 于芹,滕新才.明朝中后期心态文化蠡测[J].三峡学刊,1997(1).

[13] 查清华. 明代七子派对才情与格调关系的思考[J]. 学术月刊,2000(9).
[14] 查清华. 从"末五子"到许学夷:格调论唐诗学的深化与蜕变[J]. 上海师范大学学报,2004(3).
[15] 龚敏. 一本发于万殊,万殊归于一本:对杜甫《秋兴八首》的结构分析[J]. 中国韵文学刊,2004(4).
[16] 朱万曙. 明清时期商人的文学创作[J]. 文学评论,2008(3).
[17] 朱万曙. 明清徽商的壮大与文学的变化[J]. 文学遗产,2008(2).
[18] 汪效倚. 关于天都外臣[N]. 光明日报,1983-12-20.
[19] 徐子方. 汪道昆及其杂剧创作[J]. 学术界,2003(6).
[20] 徐朔方. 论汪道昆:汤显祖同时代的曲家论之一[J]. 杭州大学学报,1988(1).

后　　记

写下书稿的最后一个字，心中并不是释然。古人云：文章千古事，得失寸心知。这本书稿是在我硕士论文的基础上充实完成的。回想2002年，怀揣朦朦胧胧的向学之心，来到苏州，投奔苏州大学赵杏根老师门下，以同等学力身份攻读在职硕士。赵师不以我愚钝，耳提面命之，谆谆教导之，虽不能得其学问于万一，但先生的严谨治学、敦朴品格、学人风范至今仍激励我奋勇前行。20多年过去了，马齿徒增，但学问方面仍未有所精进，心中不免惴惴。

对汪道昆进行研究，实属机缘巧合。1999年大学毕业后，来到黄山学院工作，按照学校安排，讲授古代文学课程。说实话，心中确实没有底气。只好现学现卖，一方面积极吸收学界最新成果，另一方面积极向同行请教，勉勉强强站稳了三尺讲台。作为高校教师，光站好讲台是远远不够的，还必须做好科研。一开始，面对自先秦至明清数千年的文化积淀，不知从何处下手。在做硕士论文时，赵先生鼓励我立足徽州，做徽州的乡贤研究，这给我拨开了迷雾。恰好在2004年，我的大学师妹杨瑾硕士毕业后来到黄山学院，和我成为同事，她硕士论文做的是汪道昆研究。此时，点校本《太函集》刚刚问世。于是，我购买了皇皇四册《太函集》，认真研究，在赵先生的指导下，在同仁杨瑾的帮助下，撰写了毕业论文，并拿到硕士学位。之后，将硕士论文中的相关内容折解独立成文在相关刊物发表，其中某些内容也被相关汪道昆研究的论著征引。2015年，我以“汪道昆研究”为题报了安徽省教育厅优秀青年人才支持计划重点项目，并顺利获批，拟以书稿的形式在2017年底结题。现在回想，真是无知者无畏。细读《太函集》，发现其中有很多古语，释读非常困难。于是，我购买了《辞海》等工具书，一一查找，逐字爬梳。其间，遇到释读困难的内容，向我校潘定武教授请教。潘教授亦师亦友，不以我的请教浅薄幼稚而不耐烦，总是及时予以解答。

时光匆匆，自2016年开始，本人先后在学校部门、二级学院从事行政工作，事务猬集，再加上自身资质平平，所以延至现在，才有了这么一个不够成熟的小册子。“五十而知天命”，那是圣人的自我期许和严格要求。本人现在年近半百，至今仍学问荒疏，觉得实在有愧这么多年以来一直默默支持我的家人，好歹还有“往者不可谏，来者犹可追”这句话来聊以自慰。

感谢一直以来默默关心和支持我的师友，每当我松懈时，是他们给了我前行的动力。

是为记。

乔 根

2023年10月30日